真性情

黄永武

著

九州出版社

JIUZHOUPRESS

图书在版编目（CIP）数据

真性情 / 黄永武著. -- 北京 ：九州出版社,
2023. 11
ISBN 978-7-5225-2483-2

Ⅰ. ①真… Ⅱ. ①黄… Ⅲ. ①散文集－中国－当代
Ⅳ. ①I267

中国国家版本馆CIP数据核字（2023）第209673号

i.中文简体字版©2022年由九州出版社在中国大陆地区出版，不得于台湾、香港、澳门及其他海外地区销售贩卖。
ii.本书由洪范书店有限公司正式授权，经由CA-LINK International LIC代理，九州出版社出版中文简体字版本。非经书面同意，不得以任何形式任意重制、转载。

真性情

作　　者	黄永武　著	
责任编辑	邓金艳	
出版发行	九州出版社	
地　　址	北京市西城区阜外大街甲 35 号（100037）	
发行电话	（010）68992190/3/5/6	
网　　址	www.jiuzhoupress.com	
印　　刷	北京盛通印刷股份有限公司	
开　　本	880 毫米 ×1230 毫米　32 开	
印　　张	7.875	
字　　数	125 千字	
版　　次	2024 年 3 月第 1 版	
印　　次	2024 年 3 月第 1 次印刷	
书　　号	ISBN 978-7-5225-2483-2	
定　　价	56.00 元	

目　录

辑一

诗与自然

　　诗要模仿自然，移情于自然，是西方人说的；诗要情景交融，物与我合一，是东方人说的，两者各有见地。若依我看，诗不妨大胆地违反自然、改进自然。

　　像"夕阳渐放人影长"，把夕阳的角度渐低而人影渐长，模仿自然极为精准。像"松入悲风强作涛"，把作者主观的浪涛听觉与悲辛感应，移情于松风中，也真切生动，这些观察自然界的诗，都写得不错。但是要把诗写得有出人意料的震撼力量，从而产生特殊的趣味，那就不妨违反自然常理，自成一景。譬如吴亮《忍经》中引的《莫应对》诗：

一枝莲在火中生！

火中生植物，不是自然界的现象，一枝莲花在火中绽放，当然违反自然常理。但当别人升起了"无名"之火来骂我，我若还他两句，便将争吵热战起来；如果我采用"听而不闻"的策略，冷冷地不去应对他，这默忍的一刻，一枝清净的莲花就在敌人的心火前诞生了！这种违反常理的比喻，反而强化了意象，虽与自然之理不相符，却涌生出许多诗趣。

又如黄景洛的《月夜渡江》诗：

波碎一江月，风移两岸山。

波怎能打碎月？风怎能移走山？都违反自然。月亮不能敲碎，但说水波撕碎江中的月影，就不反常而合理了。岸山不能移走，但说风移走了船，船上的人觉得是风移走了两岸的山，也就不反常而合理了。这样初看时一惊，出人意料，再看时一喜，入人意中，诗的趣味就是如此诞生的。

又如"无数断霞江压岸"，红霞怎么会压岸？但好就好在这个夸张得不合理的压字。"泪过秦山色变红"，泪水哪有红色的呢？因为越离越远，泪尽继之以血吧？好就好在这个夸张得不合理的红字。诗人所写不只是直接模仿自然事物，而是在自然景物中，掺入了诗人自创的特殊幻觉，方成为感人的艺术。

再看《五石瓠》中载明末烈士麻三衡的《绝命词》：

> 怒存千丈发，笑掷百年头！

没人能把自己的头摘下来，向敌人抛掷过去的，也没人能存蓄着一千丈的头发。如此的夸张形容，是故意违反常理，使艺术的真实与自然的真实不相符，反而造成震撼的奇趣。当年李白的"白发三千丈"大家能接受，是因着内心的愁情才有如此长的。所以烈士不肯投降清朝而薙掉一千丈的头发，这头发也是因为忠于大明朝廷而有如此长的，虽违反自然之真，却合乎艺术之真，读者可以欣然接受的。

再如叶钟《散花庵丛话》中引的《扶鸾诗》：

> 刘郎一去三千岁，落尽桃花只闭门！

谁的情郎是距今三千岁的商周时代人物呢？但自情郎一

去以后，人面桃花已经落尽，门也常深闭而破败了。就算前度刘郎三千年后回来，桃花观里种桃的人，早化作烟灰啦！这不合人世的三千岁夸张，量出了等待的悠久与难挨，反而餍足读者的心目，何必因为违反人世常理，就假托为扶鸾所写的鬼诗呢？

苏东坡说过："诗以奇趣为宗，反常合道为趣。"违反自然之真，是反常；但合乎艺术之真，就是合道，诗的奇趣就是如此涌生出来的。当然，不懂得反常，只是普通的描绘，不易生趣。但专讲反常而不能合道，也就变成胡言乱语，能有什么奇趣？诗人与疯子的差别，就在这一线之隔了。

走入诗境

　　诗，只靠纸面上吟咏，体会的意境不易深入，有时候要身临其境，耸动耳目，受到临场感的震撼，才明白原来是另一番景象。

　　在加拿大一个长满巨松的山坡上夜宿，那木造的房屋，到了秋季，热胀冷缩，不时发生嘎嘎轧轧的轻裂声，从台湾初来这儿的人，总会在床上竖起耳朵警醒地听是什么声音。蓦然间又乒乒乓乓，大力投物掷下的声响，那又是什么呢？一阵秋风扫过，松涛哗哗响起，天明一看，原来是松子坠落的声音。啊，"空山松子落，幽人应未眠"，以前在宴席上吃松子，和葵花子差不多大小，所以主观的印象还以为"松子落"是潇潇雨声样的呢！不对，松子是连松果一起大颗坠下，有的比拳头还大，难怪幽人睡不着。

从加拿大隔着静海远眺美国的奥林匹克山，山色灰蒙蒙的，但山顶上白白的雪光，常年照亮着远方的眼睛。有时海上升起些雾气，山像隐进了雾中的豹，在海的那端消失，但是在冻云暮霞之上，曜曜的雪光仍是遮不住的，依然高高地横在天际，啊，"终南阴岭秀，积雪浮云端"，这个"浮"字，当山岭隐身消失以后，就特别贴切，特别的美。

加拿大纬度高，深秋时分，下午四时半就天黑，早晨到八点才天亮，古代人没有夜间新闻、电视节目做伴，只有早早歇息，前半夜好不容易睡饱了，后半夜如何也难挨到天亮，在月影涛声里整夜辗转反侧，才体会杜甫那句"客睡何曾着，秋天不肯明"的诗，虽不如长达十五小时的加拿大秋夜，也一样漫长得像在故意与旅客刁难，考验着愁人千回百转的忧心，"不肯"二字把这老人忽起忽卧、竟夕仓皇、一面难熬、一面埋怨的情状，写得很妙。

记得往年在美国做客，去一座峡谷公园玩，时在春雨天气，溪谷的浪涛声震耳欲聋，峡谷虽深，怪石嶙峋，而推挤轰击的怒涛，竟满溢出溪谷来，溅飞的水珠，跳弹到十丈高处，水势真吓人。朋友说这是晚春特有的奇观，因为一季厚积的冬雪，到此刻一齐融化汇聚，千岩万壑，排山倒海，让我见识了"春潮带雨晚来急"的惊心慑目景象。

又最难忘的是有一晚，从华盛顿连夜赶回绮色佳城，驱车在堆满厚雪的峡谷小径上奔跑，车有点像船在晃，车灯照明处，满眼是粉妆玉琢的天地，素净得没有第二种色彩。但谷地到了后半夜，温度下降，雾气浓凝成一团团，车灯照过去，在路中央排成树一般高的人形，十步一个，二十步又一个，绵延千百米，像曳纱起舞的列仙女，又像缓缓绽放开来的巨大花团，不是半夜是绝不能见到的奇景，待天明早就散去，这一下让我真正闯进了"花非花，雾非雾，夜半来，天明去"的绝美词境。

当然，欣赏古典诗境，哪里需要远到美加一带才能体会呢？只是由于故国邈邈，诗境不易无心而遇，而台湾的节候时空又有许多不同于北方的缘故，虽然如此，在台湾自有南方特殊的风物，展现全新的诗境。若到安平或澎湖走走，发现这一带风是咸的，且常有台风，树木中只有榕树卧地生根，连理虬盘，最足以抗拒风灾，所以各地都是榕树垂着浓荫。而民宅常以牡蛎石壳砌墙，散发记忆中特殊的鱼腥，渔家饷客，常以槟榔，这些风物大异于中原，于是读古人诗："榕叶荫门蚝作壁，家家饷客是槟榔。"这"蚝"如何可以做墙壁？反成了极鲜明的意象。望着这蚝墙，口嚼着槟榔，坐在榕荫下，风吹着鱼腥，这也是南方海滨奇特的景象，一样引人走入诗境。

诗是预言？

古人相信诗在冥冥中成为预言，所谓一语成谶，诗人常在不知不觉中以诗句预告自己的不幸，叫作"诗谶"。真有其事吗？

这类记载甚多，读清人的书，几乎大家都相信。像光绪帝的宠妃——珍妃，九岁就写"月影井中圆"句，很出名，后来她做了皇妃，却在慈禧太后的盛怒下，命令太监活活将珍妃投入井中淹死，有人说应验了那句诗谶。

清人夏濂，写了一首咏秋蝉诗，中有"身世无端又夕阳"句，很动人，但也极衰飒，没多久就下世，有人相信这是诗谶。

　　清人毕梦星，诗写得不错，但总喜写些花飞叶落的景象。有一次从京师回家，写诗道："病久自知能不死，书来何意竟还家。"不久他就死了，古人诗文中都避讳"死"字，写了就不祥，三家村学究教诗文，一定以此谆谆告诫。

　　毕梦星的叔叔，在五十岁谦辞祝寿诗中，有"满袖清风一枕凉"句，来年就过世，有人说诗句中"秋气太重"，也是一语成谶。

　　清人洪午峰在三十岁的感怀诗里，写"毕竟茅坟胜花屋，此中留我尚多时"，竟然认为长满茅草的坟墓，胜过开满了花的屋子，开始住在坟中的岁月要长过住在屋里的时间，说如此不祥的话，果然年未四十就逝世了，自然成为诗话中津津乐道的诗谶。

　　清代女诗人张粲，写晚春诗道："妾心正似桥头柳，不遇东风恨不深。"春风里的杨柳，不是得意，反而恨更深，如此悲哀激楚的声音，结果就在十八岁死了……

　　这类例子，无须再多举了，诗评家的想法与批判都一样，认为文字冥冥中感通鬼神，所以都以一语成谶来解释。

　　依我想，写诗的人多喜写愁苦悲凄的调子，许多人写过悲凉的诗，并没有发生什么祸事，偶然有人写后就遭不幸，那句诗便被附会作预言了。像珍妃用过"井"字，后来死在井中，这也算诗谶，实在附会得太牵强。

至于巧合的事也所在多有，就像从前北京城，前三个城门是"正阳门""崇文门""宣武门"，结果元朝顺帝的年号是至正，"正"字与"正阳门"相应，就灭亡；明朝思宗的年号是崇祯，"崇"字与"崇文门"相应，就灭亡；清朝逊帝的年号是宣统，"宣"字与"宣武门"相应，就灭亡！于是民间流传着这三个门额，正是元明清三个朝代亡国之君的谶兆。这种巧合，在诗人遣词中尤为常见，像写个死字就死的，写个血字就不祥的，一定在所难免。

除了附会与巧合之外，平心而论，诗文的雄放或羸弱、昂扬或消沉，实与诗人生命力的扩张或萎缩，有着密切连带的关系。如果隐隐见于笔端的，尽是些枯木寒灰的意思，对活下去缺乏旺盛企图心的诗人，相对地也会减弱免疫力，容易受疾病的侵犯。所以有没有腾跃求生的意念，有没有奋斗追求的理想，在诗里的确可以看出些征兆的。

这么说就不完全是迷信了，像李贺诗里总是愁心如枯兰，又如何能长命呢？十八岁绮年花貌的人，如果老想些墓穴里的白骨青蝇，担心着生死呼吸间太短促，或是满纸恨呀恨的，不肯往开朗的方面想，这种潜意识中的心理倾向，才是令人神销气索的根本。许多爱写"死呀死的"诗人，不幸早夭，片纸成了春梦；许多爱读《楚辞》哀怨神鬼篇章的人，自信年命不永，命运也多困厄，这恐怕要用心理学去解释，而不能算是迷信，诗文与气运相关，道理就在这里，一语成谶，有时是反映诗人自身生命力强弱的缘故吧？

诗是情话——圣洁的御花园

少年时期看诗，诗是情话，甜美的情话。即使失意时看到的花朵，乃是溅泪的眼神，依然是甜美的情话。多疑时看到自己的热情，正是滑稽的疾病，也仍然是甜美的情话。

"最爱的，你不要这样盘问：为什么我又写信给你？本来我是没有话说，祈求有东西到达你的手里。……"哇，好美的诗，正合稚嫩的心灵，抄下来，抄下来，却忘了抄作者，这好像是歌德的诗吧？

"为了爱情才有这长夜。但白昼归来却不肯少假，我们将不再徜徉，在这明媚的月光下。……"长夜未央，爱也方兴未艾，月光如此，诗句的一音一节又如此迷人，能不抄下？这该是拜伦的诗吧？

少年时代，一脑子歌德、拜伦、雪莱、拉马丁……一句句动情的节拍，曼妙而难忘。诗的世界在少年的想象中，是一块朴茂隐秘的处女地，等待着爱去开发。那世界好像是从星星那方来的，如是纯洁而没有丝毫世俗味。又好像从树梢风的私语那方来的，如是自言自语、又惊又喜。又好像从海边贝壳那儿来的，教人彻夜谛听着远方的海潮音。

记得那时候笔下所写的也全是不带人间烟火气的句子：

我在梦的边缘栽满星星与花朵，
总祈使你从那边来。
……
我在寂寥而幽暗的期待之中像贝壳，
自娱着霓虹的彩晕。
……

其实那时候只是对爱情充满着憧憬而已，社会如此保守，感情如此纯正，思想如此高贵，男女之间连话也没说几句，敏感的年少心灵，就把单纯的友谊，反复加上精细的权衡分析，自我沸腾起来。心中真有多少忧虑栖息着呢？真有多少隐秘的苦痛呢？要有，也只是些青春轻柔的喟叹罢了。然而由于心底有极为丰富的美的泉源在迸涌，一遇到情诗，极具感染作用，读到狄金森的"我隐身在我的花朵之中，它在你瓶中枯萎"真是爱不释手，吟咏百遍也不腻。读到布迪伦的"智有千眼，情仅一目，但生命之光，与爱情同结束"也禁不住同声浩叹，无病呻吟起来。当然，在中国传统诗里，也特别钟情那些"身无彩凤双飞翼""人面不知何处去"之类描写情感的句子，少年时代，诗对我有神奇的吸引力，使我有终身许愿给它的冲动。

少年时代看诗，像是圣洁的御花园，万紫千红，不染一尘。私心对爱向往而渴慕，又似懂非懂，所以读诗最服膺那种雅洁无匹的情怀。一遇感情上无法明说的时刻，无从表达稚嫩的真诚给对方，最好的宣泄方法，就是将感情揉捏凝结成一首首的诗。

有人统计过："世上十分之九的诗作都是出自不足三十岁人之手，而其中相当一部分又是二十五岁以下的人写成的。"这是西方人的统计，可见年轻时代爱新诗，是中外共有的现象。又有位哲人劳埃德说过："诗歌和爱情是紧密相连的，像手和手套一样。"年少的时光，谁不相信这句话？墨水里调入了假想的爱情的色度，才有写诗的冲动，期待一

场轰轰烈烈的恋爱，为它快写十万行热血淋漓的新诗，大概
是许多少年最酷烈的心愿吧？

诗是学问——深邃的藏书库

中年时期看诗，诗是书库，知识的宝库，诗里可以拈出处世哲学，也可以拈出民族学、语言学、史地学，当然更有美学、声韵学……大部头诗的总集本身，活像一座图书馆，可供各种学术角度去研究。诗本身是艺术品，众多的诗就成为艺术史的最佳统计数据，到了中年，才觉得诗不仅可供你创作，成为诗人，更可以供你研究，成为诗评家。

要做一位诗人，只要热情于创作，一头栽进诗里，终日苦思冥想，甚至闲逛冶游，或歌或哭，全凭直观，一心忠于生活，抓出敏感的巧思，就能创作，这工作颇适合年轻的心灵。

要做一位诗评家，则必须头脑清晰，目光犀利，冷静客观，统观全局，不但要忠于作品，更要有洞烛作品幽冥的理解力。诗的批评鉴赏被推许为诗的二度创造，这二度创造的天地有着多方面诠释的可能性，内涵极为广大，全看诗评家本身的素养智慧如何，依凭积学的能耐甚大，所以这工作颇适合中年后的学者。

随着年齿的长大、工作的专业、阅历的广深，诗成了每天亲近的伙伴。读自己的诗，也读别人的诗，改自己的诗，也改别人的诗，分析自己的诗，也分析古人的诗，眼界渐大，思索也渐深。

读罢唐诗，也读宋诗，发现一代有一代的诗。唐诗虽冲融浑灏，壮丽可喜；但宋诗亦议论纵横，深刻而老成。即使元代诗轻利娴婉，还是十分醇美的；明代诗灵性复苏，常能自吐英华；清代诗更是典雅闳深，学力深厚。再上溯汉魏诗的朴茂秀朗，气韵高迈，六朝诗的流丽秾艳，雕饰工整，每一代的诗都有诗评家剖析不尽的妙处，也有诗人借镜不尽的典范。年少时爱雕饰，年长后爱疏淡，阅历少时喜写情性，阅历多时喜析事理。志气新锐的多欣赏其才思，学问老成的多欣赏其格律，就像朝阳暮霞，春兰寒梅，各有不同的美境，不同的乐趣。

如果说作诗人是翻筋斗的孙悟空，那么作诗评家就得是如来佛掌，别有乐趣。因为诗人可以想到什么写什么，有的从天外飞来的妙句，有的暗用前人的典故，出人意外，任情采撷。但诗评家就必须在知识方面超出诗人甚多，才能把诗意一一掌握，对于胸罗万卷的大诗人，诗评家的难度当然就更高。

作诗评家不但需要自己的文学理论体系，更需要具备史地、语言、版本、社会思潮等各方面的学问，一般来说，诗人自身大抵缺乏这些能力。诗人往往并不擅长于说明其想象经验。所以西人麦考莱曾说："优秀诗人也即是不合格的批评家，这一点，事实上可以说是个普遍规律。"当然，反过来也一样，诗评家也常常成为不合格的诗人，两者需要具备的条件是不一样的，能兼备两种长处的更是凤毛麟角。

所以作诗评家即使不比作诗人难，但也绝不比诗人矮一截。我记得夏洪基在《读书筏》中就认为"注诗比写诗更难"，诗人随手写到哪里，诗评家就要知晓到哪里，悟性要强，学力要深，若非博学精思，如何能"以我仰合古人"呢？并且必须做到"己见不立"的客观，"人相不留"的公正，"虚其心"的不武断，"沉其思"的深入冷静，做一个像样的诗评家，自有其难能可贵的地方。

诗是智慧——潇洒的桃花源

　　老年时期看诗，诗是智慧，人生的智慧。人在读诗，诗其实也在读人，露才扬己、尖酸刻薄的诗人，不是夭折就是多病，要不，就是没人理睬他。而只有正直善良，心地坦荡，和平乐观的诗人，身心日益健全，素养日见精深，作品也日见优异，堪成大器。可见诗反映的还不只是才情，而往往是人生智慧。西人华兹华斯说："智慧和不朽的诗篇是一对夫妻。"人到老年，才益加相信此话是真理。

　　年岁长大，才情就内敛；学问渐深，意气也平了。不再斗才华，不想赛学问，阅历既多，只向往人生智慧的境界。

万万千千的诗篇里都是生命感叹的浓缩，都是生活历练的血泪，从中汲取慧泉活水，印证人间万事，正是晚年最惬意的享受，你瞧，偶然拈出两句，都可以边吟哦边走向心灵的桃花源。且看：

人生无情何异死，文能寿世即长生。

（清·高梅知）

生命的寿夭，原来不在岁月长短，而在乎内涵如何，精神如何。人生如果缺少了情，是个无情的人，只想利用别人，践踏别人，内心就成了一片荒漠，即使活上千年，也只是一种惩罚，比早点死更难过。有了情，才是真正的活着，活得生龙活虎，有情世界才可能有彩色人生。

人人追求长生，其实诗文能传世的人最长寿，诗文里活现作者的精神面貌，诗文千年，精神也千年。沈君烈有诗道："浊世何争顷刻光，人间真寿有文章。君文自可垂天壤，翻笑彭翁是夭亡！"诗文垂于天地间万古长青，自然反笑彭祖的八百岁太短命啦，人能有诗文寿世，又何须争浊世顷刻的长短呢。

歧路叠更心倍小，流言难禁耳须聋。

（清·杨廷理）

诗是人生泪雨后升起的彩虹吧？为什么历尽艰难贫苦以后吐出来的句子，总是深深打动人心呢？这诗说所经的江湖愈走愈大，所怀的心胆却愈走愈小，中间多少歧路、多少陷阱、多少诱惑、多少彷徨，幸好一一安度，不曾陨跌，心却愈来愈担惊受怕，不再如年少时的轻狂粗放了。

再回想往日努力经营的一切，都成泡沫陈迹，谁在怀念那些美德良意呢？即使是英雄人物，对国家民族贡献极大，一临价值体系的转变，一临现实权势的争替，无不流言四起，黑白颠倒，既无法挺身而起一一驳正，只有装作没有听到，让耳朵聋了吧！

会心花鸟皆朋友，到眼烟光足咏歌。

（清·戴嵫山）

唯有在黄金不占支配地位的地方，才是人生真正的乐地。花鸟、烟光，正是那个好地方。看来人人可以不费分文获取，却很少人以此为乐。因为在人海的沧桑里，充满着嫉妒、排挤、自以为是，极易磨耗灵性，极易昏聩耳目，一心想争胜赢利，哪里还看得见烟光花鸟？

人生的快乐没有秘诀，全靠自己常保内心的怡悦，只有心中常乐的人，才能常享生活的丰筵，随时所遇的花鸟都成了亲密的朋友，当下所见的烟光全化作欢畅的歌咏，少去愤恨别人，多来珍惜自己，好好地培养灵性感受，在恬静之中，感受深了，慧性开了，才能写出传神的笔调。

诗的乐园虽经过了三次变迁，但对诗的痴爱，仍一如往昔。朋友，诗的乐园不是谁私人拥有，而是天地无限的，容得下千秋万代亿万的人群，这乐园中，绝不是我多一分，你就会少一分，反而是我多一分创造奉献，别人就增多一分滋润享受，不像别的世界，谁多一分占有垄断，别人就多一分被排挤剥削，所以这儿是我吟哦你的诗，你解析我的诗，想天长地久、悠然行乐的，请来这桃花源同乐吧！

诗人的快乐

　　诗人，大概是世界上最懂得自得其乐的人，凭空用几个文字，反复组合，就足以自娱一生。

　　在南唐的时候，有一个诗僧，于中秋的夜晚做了"此月一轮满"五字的得意句子，一直就像宝盒要求个恰好密合的盖子一般，再寻求下句五字来相对。想了一整年，到次年中秋后，忽然想到"清光何处无"五字，这两句是上下句意相续的流水对，细细欣赏每字都对仗得准而妙，他欢喜极了，夜里竟跃身起来，手舞足蹈，禁不住狂奔到寺前去用力撞钟，不停的钟鸣惊醒了全城的梦中人，竟扰乱了全城生活起居作息的秩序。南唐后主派人去擒来侦讯，才知道是诗人得到了好句子，狂喜无法自已，恨不得念给全城的人听呢，就释放了他。全城的人只当他是个疯子吧！但诗人自心的快乐比寻获一百克拉的白里透蓝的大钻石还要乐得疯狂。

古来诗人写诗，大抵没有任何报偿，就凭那"毫端时欲告人"的发表冲劲，使他到老都矗矗不倦，呕心捻须，竟成为一种无可取代的写作喜悦。本来嘛，人生的大快乐有三种，那就是立功、立德、立言，但在"三不朽"之中，立功必须时常要忍住不快，立德更时常要牺牲快乐，只有立言，从想象到落笔、到完稿，整天拍拍胸脯，一副"狮子独行"的帅劲，任你意气飞扬，任你形神酣畅，任你想象去驰骋畋猎，在林泉下称王吧，快乐是享用不尽的。

自然，立言之中，也有不全是愉快的，譬如写作历史，有时候会不快乐；写作墓志，那更是快乐不起来，所以韩愈不肯写历史，苏东坡不肯写别人墓志，他们都喜爱写诗。"诗人十日九必歌，要以诗魔驱愁魔"，写诗正能祛愁魔而迎喜神呢！乃是立言之乐中最乐的一类。

就像陆放翁，年纪到七十五岁了，在一个五月初夏大病初愈的时刻，居然写了一句"三日无诗自怪衰"的自供。这位诗翁，腰膝齐衰，只剩诗兴不衰，天天坚持要作诗，连续三天没写出诗来，就为自己心志的衰飒而感到奇怪与自责了！这种热心作诗的生活方式，究竟会因诗路熟、进步多，而令后人无法追及呢？还是诗写得太多，脱稿太易，将缺乏新意，只剩一个熟套，自己套用自己，换来换去，将成为一种诗病呢？这得失不是我要探讨的问题，我只是钦佩陆游那份痴心的执着，那一股日日萦绕在心口手腕上的隽秀之气，天天怎样去磨耗，却磨耗不尽的隽秀之气，才是令人感佩拜服的。"把卷但思惜此日，著书宁用计千秋"，提起笔只为了抒发的勤奋与快乐，只想着这一日虚费掉太可惜，至于有没有诗病就留给别人去评论吧！

前人说过，谁能"于文字中得福无尽"，谁就是世间福根最深厚的人！因为诗对诗人自己来说，可获无穷的快乐、无穷的福。对别人来说，毫不因诗人快乐而受损，反能人人得益。况且当诗人不容于静默而必须吐说出来时，笔花墨雾，标新吐奇，那份真、那份善、那份美，更是世上最瑰奇的成就，乃是大众共同而永远的智慧财产与享受呢！诗人，就尽情地写吧！

诗人的感觉

最近很流行"跟着感觉走"这句话，"噢，挡不住的感觉！"不管怎么说，有感觉表示人还活得活蹦乱跳，不是早衰麻痹的那种。

诗人的感觉永远是走在凡人的前面，他说石头是甜的，你相信吗？沈豹说："松荫高枕石头甜。"石头在味觉上不应该有太多联想，谁嚼石头像嚼甘蔗？不过想一想，心上沉甸甸压着一块放也放不下的石头，这石头当然"苦"！推一块巨石到山顶，快到山顶，巨石就滑滚下来，反复地上推下滚变成无穷的惩罚，这神话中的石头滋味也真"苦"！然而相对于人世权势炎凉之苦，百物奔竞之苦，万事的盈亏变化永远期待且没完没了，这种思念多苦！当你受尽了世情的作弄，一朝放下担子来，全然地放下，在松荫下高枕着一块石头，凉风习习，美梦连连，这石头好甜哦！

诗人说山像梭子在水面上滑来滑去，你相信吗？盛经三说："缭乱春山水上梭。"浮在水面上缭乱的春山，竟会顺溜地滑动，水像一匹待织的蓝绫，而浮出水面的小山丘，像几绽穿梭往来的梭子，拖着几根涟漪蓝线，交织成秀色锦缎，哇！形容水势的盛满庞大，连乾坤都可以日夜浮起来，小山在水面顺溜移滑，打破了山静水动固有的呆板视觉，打水球似的，把山在水面上投来掷去的感觉，真美！

诗人的听觉也特别，雷声是拨动了哪根隆隆的琴弦？伊秉绶说："如何天上雷，化作风中琴？"一定是整个天空的大银幕，拉黑了窗帘布，要放电影，雷声在风里先传来了开幕式的琴声！在诗人耳朵里雷声变得如此柔媚！苏东坡更相信在天目山高峰上俯视雷雨，大地像一只摇篮，雷驱电驰只像云中刚诞生一位啼哭的婴儿，雷声像婴儿的初啼，多可爱呀！"山头只作婴儿看"，为什么人间竟有闻雷而吓得抖落手中筷子的英雄呢？

诗人的嗅觉还用说吗？就连血迹中不是腥臭而是胭脂香呢！徐熊飞就说："刀头美人血，长带胭脂香！"究竟是杀了个负心的美人，还是表示轻而易举地渡过了美人关？杀人如草，旁若无人，这个游侠儿刀头的美人血迹，任它凝结，一直带着胭脂香，作为对法律与胆气的一种傲笑哩！

诗人的触觉更是敏锐得出奇，风吹来像削尖的铅笔，牙齿动摇等于强烈的地震，你能不笑他神经过敏吗？王章说："梦醒春老晚风尖。"大梦警醒，春光已老，吹来的东风并不是百花残的无力，而晚风峭厉像尖锐的刀子，戳进梦残春老的心坎里来，心连一点抵御的力量也没哩！至于袁枚说："人生一小天，齿动如地动。"人身是小天地，上腭下腭更是个小天地，一颗牙齿拔痛，全身就金星迸冒，强烈地震吧！

诗人的感觉里充满着"妙因"，据说从莲花化身而来的人，才能在数里外忽闻莲花香而得道，诗人如果没有这种敏感的无上夙慧，也无法修成正果的。

诗人的四季

　　近人吴经熊先生写过《唐诗的四季》，享誉中外，他用春夏秋冬来象征唐诗演进的历程，譬如认为杜甫是"夏季"，而韩愈的心灵也颇有"夏气"。最近我读到明人朱之俊在替《萤芝集》写的序文中，早谈及诗人的四季，他说：

　　春气奇艳，紫的悬林，红须蔽树，

　　注入文章，鲍照庾信，以笔采承之。

　　夏气壮茂，地髓抽条，山筋抗节，

　　注入文章，韩愈杜甫，以笔采承之。

　　秋气清幽，梧散寒砧，葭迷晚棹，

注入文章，陶潜王维，以笔采承之。

冬气凉悴，月影含冰，风声凄夜，

注入文章，孟郊贾岛，以笔采承之。

吴经熊只举唐人，而朱之俊则不限于唐人，但其中韩愈、杜甫属夏季等，想法是一样的。朱氏在四季中，每一季举两位诗人做代表，认为这些才人，是"仰天吸云"，吸收了天地之间排荡之气，才形成他们的秉性与风格。

诗人是怎样"注受"这种天地四季之气的呢？说起来很玄奥。诗人的襟抱与作品的气象，的确可用春夏秋冬来象征，朱之俊取整个诗坛为喻，吴经熊取整个唐朝为喻，还有清人朱锡绶认为："汉魏诗象春，唐诗象夏，宋元诗象秋，明诗象冬。"将某种体裁的文学史生命，比诸生物生命一般，千年之中有着年少年壮年老的四季历程。而我则认为其中的关键，在于诗人自身生命力的强度有所变化。

譬如孟郊、贾岛，前人所谓"郊寒岛瘦"，哀吟得像垂死的秋虫，说他们是"冬气凉悴"，乃是指生命力的萎弱吧？而杜甫、韩愈，气象雄阔，笔力万钧，正如金翅摩海，说他们是"夏气壮茂"，乃是指生命力的开张吧？

我更认为：诗人自己的一生中，随着少年爱风花、老年爱淡泊，所谓春则华丽，夏则茂实，秋冬则收敛。人的一生随着年岁的壮老，生命力的强弱自成一个四季的循环，如庾信的作品，《北周书》本传中说他的作品只能"夸目侈于红紫，荡心逾于郑卫"，这种淫放浮艳的作品，说是笔采承受了"春气"固然不错，但杜甫却说"庾信平生最萧瑟，暮年诗赋动江关"，那么他晚年的萧瑟情调，岂不是又转而承受了"秋气"？

又如王维诗，就"气韵高清"来看，就"半官半隐"来看，这种幽闲古淡是笔采承受了"秋气"是对的，但王维在四十岁以前的诗里，喜用红丹紫翠等鲜亮的色泽，到了晚年，才弥漫着苍白淡玉的色调，色调随着年龄的壮老而彩度逐渐单调黯淡，那么青年时代的王维，岂不也承受了"春气"吗？

又像孟浩然早年写的诗："气蒸云梦泽，波撼岳阳城"，正是壮茂的"夏气"，到后来写"不才明主弃，多病故人疏"，显然转入了清幽凉悴的秋冬之气了。

由此可以看出作品的风格与作者自身生命力的强弱盛衰，有着莫大的关联，因此有人说"文运"关系着"国运"，由作家生命力的强弱来觇窥国运的盛衰，自然也不是什么玄奥难解的迷信了。

诗人多奇想

世事是平凡的，只有诗人能让它不凡；世情是单调的，也只有诗人能让它多彩。在当前沉闷的世局里，只有诗人可以刷新一下你我的视野，让心灵到诗的别墅去度一个长假。

你到海畔去听涛声，或是到松林去听风涛，苍苍莽莽，澎澎湃湃，凡人也都能欣赏到的，诗人却运用他特殊敏感的听觉，带你去小楼茶炉旁坐定，"偶从煮茗得涛声"，从茶香雾色中，看壶水初沸，静赏那鳌涌鹏飞的洪涛世界，不亚于海涛松涛之美呢！

你听涛声水声，毕竟只是浪潮拍岸而已，但诗人听来，既是召唤，又是回忆，既是恋执不舍，又是热情高涨……

"春浪太多情，声声打船尾"，这一长串万里追赶、日夜不歇、打着船尾、喊着名字的春浪，竟是如此多情的追求者呢！

诗人的墨汁多半为爱情而花去，男人爱看女人，女人爱被男人所看，也是千古不变的常情。然而女人若是在身后，要屡屡回头去看；女人若走在身前，只能望其背影；若走在左右，也不免左右顾盼，忘了前头的路况，所以男女情人同行，实在想不出情人侧身的最佳位置，这时诗人忽发奇想道："侬自倒行郎自看，省郎一步一回头！"情人站在前面却倒过来走，面面相对，让男人看个够、看个饱，省得男人一步一回头，如此痴想真妙。

假如你听腻了许多牢骚，什么"文籍虽满腹，不如一囊钱"，什么"羞煞文章不疗饥"之类的读书无用论，即使有点同情，也引不起丝毫敬意。忽然听到有诗人唱着"天与饥寒亦爱才"，这种比世俗感慨深一层的想法，出人意外，原来完满的爱情与饱足的生活，常使才子贫血，所以天与饥寒，有时是上天爱才的缘故！

至于仙人的况味，诗人是最喜欢去探索的，许多诗句都在描摹仙家的境地，什么"多种春桃即是仙"，多种千树红粉的桃花，春来遍是桃花水，不是仙源又是何乡呢？这是从景物去求仙。什么"英雄回首是神仙",不恋权位,壮年引退,只去陶醉湖上的明月,草堂的花香,这是从急流勇退抛开事业去求仙。但如果你既没种桃花的土地,又没英雄的事迹,只是陋巷的穷小子,也能尝尝成仙的滋味吗?诗人忽作奇想道:"索逋人去境如仙。"只要追税讨债的人一走掉,滋味也像登仙一样啰!

诗人玩玩文字,不费分文,趣味就一箩筐。传说千载以来,岳飞的墓园,只准种松树,不准种桧木,因为元代就有人警告道:"坟畔休栽桧,行人欲斧之!"恨秦桧竟连桧木也要举斧头劈掉,这是字义的双关引起的奇闻。

还有一次某位盐商忽然有了诗兴,写了一句:"柳絮飞来一片红。"简直不通,柳絮只可以说白说黄,怎能说成一片红呢?有位诗人赶快替他在句前加装一句:"夕阳返照桃花岸。"使原本"反常"的诗句"合道"了,且成为天然壮丽的画景啦!

而元人苦闷,没事可为,见到河水大涨,居然专玩水部的字,写成一首奇诗:

潆洧清河涨,湍流滋浸淫。
沧溟浑灌注,浊浪浩浮沉。

洲渚津涯阔，泥沙沮洳深。

沿淮泽鸿满，漂荡渡江浮。

单从字面望去，就感觉水势连天，大到不得了，管不了汪洋浩瀚，深浅沉浮，一概都滚滚冲泡，这是字形的双关，引来了具象的奇观。

诗在这谋利攘权的时代中，究竟还有用吗？我觉得单凭诗人的奇想，开拓世人生活的想象空间，一语奇警，视野全新，已经是伟大的贡献了，诗人洪亮吉曾夸口说："吾曹生世非无益，一奇尚救世俗凡。"以奇想来救凡俗，乃是诗人的职志吧！

旧诗的困境

　　近年来倡导唐宋诗的欣赏，大受欢迎，从学校到社会，从纸上到视听磁带，回响至为热烈。在这股热潮里，自然引发一些有心人，想要恢复旧诗的创作，延续唐宋诗歌的光环。

　　在努力推广时，有人以为旧诗的韵部，已与现代口音不合，于是主张中华新韵，甚至主张用注音符号押韵。有人以为旧诗的平仄，与"国语"四声不合，入声难以区别，于是主张不讲平仄，只要维持五言七言的句型就好。更有人以为旧诗的问题出在人才不足，只要新秀竞起，照唐宋的格律仍能写出好诗，于是开办写作班，组织诗社……这些努力都很可佩，所惜成效不如预期那么好。

其实今日旧诗的困境，最大的问题并不在文字声韵上，而是在生活观念上；也不在人才的缺乏上，而是在社会的演变上。每一首诗的诞生，都是和社会及文化因素交互影响的结果，它乃是复杂的文化对象，绝不是孤立在文字声韵上的东西。每一首诗都是透过观念与技巧而对生活批判的产物，其中反映着的是社会生活的精神。

在农业社会中，人与自然审美的关系密切，像旧诗人写"马蹄花影隔溪来"，多美啊！那时代"马"与"花"在诗人的社会经历中，占有重要的分量，马是主要的交通工具，还象征着某种地位。花是四周常在的景物，还象征着季节的早晚。而噪声污染及大都市拥挤都还不曾出现，所以马蹄声如此清晰，花影如此凄迷，溪水中的倒影如此清澈，唤起了极美的思想感情。今天的社会条件早就转移了，汽车、摩托车的吵闹声与速度感，淘汰了悠闲马蹄的审美。马蹄在实际生活经验中不但十分陌生，而且缩小成几乎不占生活比例的事物。然而旧诗还非写马蹄不可，一写入汽车、摩托车，就不成其为旧诗了。

再如"热泪惜残烛，半死怜爨桐"，是多美的形容啊！烧剩半截的桐树，制成的焦尾琴音色最美，烧残的蜡烛上总是滚滚不停流下了热泪。农业社会里，柴是唯一炊煮的热力供应者，烛是华贵的夜间照明器，在诗人生活经历中，是日日必需的伙伴，和人的关系密切。

但由于天然气电力取代了柴火，照明如昼的电灯取代了蜡烛，物质文明的发展，使得对柴火熊熊或烛泪涟涟的自然审美，失去了生活中的地位，原本具体鲜明的经验意象，已排除在生活之外，变成怀古式的模糊印象，乃至成为抽象代表式的符号，不易引来诗人特殊而真切的审美感受。

文学中的一切与人关系愈密切的，才愈有意义，而旧诗如果只限于去写这些逐渐与人关系疏远的事物，仍沿用这些老旧的词汇联想，而不能代以活生生实际接触的对象，满眼的亚克力、电线、按钮、无生命的机械到处充斥，都不是旧诗想写的，那么在生活中的评估价值可能愈降愈低，跟不上社会的发展，恐怕这才是旧诗困境的根本。

人是社会性的，社会生活的事物基础大大地改变，诗也不能不变的。事物基础之外，价值观念的改变，也有影响。今日重商社会以"利"为价值基准，随之兴起的是法律、秩序、信息处理，却忽略了人情与自然景物。而旧诗中急需的：自然审美、侠义血性、爱情奉献、理想狷介……都变成另一种边缘的思想体系，当今现实的人在新的生活环境中感到此种旧体系早有所不足，必须暂弃一旁另找新的生活指南，这也是旧诗的困境之一。

　　再如清末诗人樊增祥，写了四万多首诗词，有时友人邀他吃饭，饭还没吃，谢宴的诗已经作好，这种不讲真实感受，单凭一个"俗套模子"就可以压铸出来的作品，就算技巧烂熟，足以炫耀，但也反成为旧诗丧魂蚀骨的另一困境了。

诗能穷人

趁着这轻松闲暇的数年，我读了一千部以上明代人的诗文集，尽管书是十分冷门，但也得到了一些普遍性的结论：

大凡疏、奏、序、表、铭、记、诗、文，各体俱备的诗文集，几乎都不会有什么好诗。大凡学问博、地位高、镌刻美、部头大的诗文集，作者往往天根翳钝，模拟味重，也不会有什么好诗。

而如果仅剩诗一二卷，此外别无著述，名声不大，作品不多，诗往往很精纯；如果作者是落拓不羁、孤离自放的人，情深泪潜，一意于诗，诗不加缘饰，任情挥洒，往往灵襟绣口，写出了好作品；假若身经离乱失意，梦魂颠倒，歌以当哭，感慨发乎肝肠，性情出于深悼，碧血化作吟魂，愈是不得已的作品，那就愈佳愈妙。

由此结论来看，诗人的幸或不幸，真是难说，好像上帝给了人外在的荣华，就枯竭了他内在的灵明。给了人事功学业上的表现，就不给他诗坛上的盛名，诗人总因命运困塞，才能篇章灿然。所以古人说"诗能穷人""诗穷而后工"。

其实这倒不是什么迷信，因为诗要求你付出生命的"全力"，而只想用点生命的"余力"去做，任凭你是天才，也做不好。诗有一种独到的性格，连文章多写了也妨碍诗，何况其他的事功？必须一心于诗，别无旁骛，然后出言慷慨，遇事发抒，挥洒藻丽，满眼天机。

再则想写好诗，必须决心有"不屑一切之襟期"，而后能成其大、入其深。不幸地位高了，学问大了，富且贵了，顾忌也多，分神也累。平日只在立身行事、利害遇合上瞻前顾后，只想投合世人的喜悦，博取现世的便宜，虚伪应景，感受不真。不敢写自身痛快处，不愿写胸中飞洒处，不能写娱忧纾悲的至性语句，难怪身份一高，才情要下堕了，无奈这时的地位与名气偏又升高，"才堕而体升"，诗就没救了！哪里能开人所不敢开之口？哪里会产生极有滋味的作品呢？

　　所以清人陈凤在《金子有传》中说："仕进易得，文艺难成，天既畀人以精华，更求荣达寿考，未之有也。"诗是人类文化中的精华，不付出毕生昂贵的代价，不全力以赴，如何任你撷采？这大概就是"诗能穷人"的原因吧！

辑二

文章像什么

　　文章像什么？常听说文章像行云流水，畅达的文章就像水的流行。水多变态，文章也有不同风貌！静静的水渚、澄清的湖泊，是一种表达；惊人的怒涛，回旋的浪沫，也是一种表达。大气魄的文章像江海，浮天浴日；小巧的文章像沟浍，清浅可鉴。文章有倒转，有逆折，或蓄或泄，或安或怒，奇变百出，都像极了水。

　　文章像行云？当然，文章的行间自有风云。其实文章像整个大自然：山是文章的骨架，水是文章的脉络，没有骨架的文章僵塌，没有脉络的文章堆垛。天空是文章的虚灵，雪是文章的韵味，云是文章的变幻莫测。再仔细去分，耳畔的春风呼响，是文章的捷思；深夜秋声的鸣响，是文章的沉吟，文章里没有秋气就太稚嫩，文章里没有春气就太枯涩。日丽花开的世界是文章的灿烂，无蜂无蝶的日子是文章的孤寂，李白说"大块假我以文章"，天地大块就是好文章。

文章像什么？推衍到眼前的事物，样样都像。文章可以像统驭军队，懂得选出精英，才可以委托重任，任务愈简明，胜算就愈大。能像韩信点兵，自然多多益善。

文章也可以像营造房屋，杜甫适合造千门万户的人间宫殿；李白适合造琼楼玉宇的天上城阙；李贺适合造不食烟火的仙门鬼窟，各人不同的气质，营造不同的房子。

文章当然也如同做人，各人的规模间架气象，也常常就是文章的规模间架气象，各人自有不容模仿的特质，西施的心痛，不是东施可以去效颦的，若去模仿，就像舞台上模仿大明星动作的丑角，模仿得愈像，愈教人忍不住想笑。

文章更可以像弈棋，下棋输掉不服气，强辩说"我太贪了""我落子太快了""我很久不下生疏了""我太轻敌了""我才不屑呢，哪像你只配去下棋！"……静静去听下输棋者的种种借口，哪一条不是做不好文章的病因呢？谚语说："下棋千盘，末后一着。"棋重要在最后一着，做人重在一生的结局，文章不也要看全文的结尾吗？不然，从前的好处会全盘拖垮！

文章像什么？极短篇的文章，在数百字的尺幅之内，纵横潇洒，有时精力集中，像一根羽毛镶在箭尾，竟可以穿进石棱之中；又像一寸的微铁用在刀尖，竟可以杀人。所谓"寸铁杀人，微羽没石"不就是"极短篇"追求的胜境吗？

文章像什么？序跋等文章还可以像衣服鞋帽。如果整本文集是身体，好的序文像礼帽，令人一见就对整个人的身份起敬意；捧场的序文像衣服，不认识的远客，只好先从衣服上辨识贵贱啰。但好的跋文，倒像是一双鞋子，从鞋子去鉴别身份的也有，然而有人只要听鞋子"跫音"的疾徐拖沓，就知道是哪个人来啦！这样的好鞋子有时也不可或缺呀！

文章不为一时

"解严"以后，时事新闻炒得滚热，许多人翻身起床，就抓报纸来读，读得茶不思饭不想，条条新闻教人心怦怦跳，连读几家报纸以后，早就浑身乏力，累个半死。然后注视午间新闻，再读晚报，一吃完晚饭更是屏气凝神等待晚间新闻，临睡前还得逛一下杂志摊，读各种光怪陆离的说法，整个人在时事新闻的旋涡里翻腾晕旋，累得上床的力气都没有了。

上班族或是退休了的，许多人在过着这种"资讯超载"的生活，每天对时事资讯渴求如狂，愈渴愈求，却愈求愈渴，报纸杂志读不够，就互打电话，交换对时事的看法，一打一个钟头，都像疯了一样。

当然，关心时事是民众有责任心和参与感的表现，不管这关心是为了自利还是公益，总是好的。而民主时代本来是比声音强弱的时代，各路人马都能尽职到声嘶力竭，也无可厚非。但在新闻浪潮如此汹涌澎湃的日子里，像我这样一个写方块文章的人，倒有一点不合时宜的想法：

我担心太讲究政治利益的实用性，会狭化读者对文学、艺术、性灵的修养等生活的趣味，会误导大众对政治的过度热心与自利，而且疯狂读新闻，依赖报道评论，会失去自主的信心，日子一久，对时局过度焦虑，造成社会潜在的不安定，并且太凸显政治人物为视觉焦点，会增加各行各业的倦怠感。

我担心太注重眼前时事的评论，连方块的作者，也不需多读书，只要翻几份报纸杂志，感触就一大堆，现买现卖，像股票抢短线一样，只求应景，哪来深度？时间一长，恐怕评论家都将变成肤浅的耍嘴皮，写的东西都不具备比蜉蝣更长的生命，对读者而言有何收获？

传播媒体为了迎合大众热衷新闻的品味，不惜媚俗，拼命煽火，有的怪论百出，有的杜撰捏造，有的本着"人咬狗才是新闻"的原理，设计了许多令人意外惊愕的点子，满版是编者"企图心"的表现，不惜削作家的脚，去适合编者的履，使原本可以提供读者精神慰藉的宁静地带，都成了震耳欲聋的新闻波动地段。

作家虽不能不知"今世何世"，但作品实不必篇篇介入时事，文学道德的感化濡染是长期缓慢的，不能短期说教求速成，而文学艺术总得追求超时间的永恒，如何能以"明日黄花"的浮光掠影为满足？顾炎武说过："立言不为一时。"这点理想，是作家们必须坚持的。

为此我特别喜欢一面兼顾时事的关注，一面仍大量登载纯文学作品的园地，平平实实的，不会让读者都变成激情的新闻狂，使我仍然能在海角安静地读书写文章。

写作之道

　　青年朋友喜欢问我写作的方法，我常要他们想想看，为什么有些古代作家，喜欢在厕所、走廊都悬一支毛笔？行车坐船，乃至下榻的卧室，都备好笔砚？写作的第一步，是要让虚灵的心，常有所感，自生新意，并随时做好"急起追其所见"的准备，灵感一现，就提笔迅扫，不让它稍纵即逝。至于字句的修饰，整篇的安排，不妨以后再说，虚灵的心像一口井，经常提汲取用，清泠的水才会不断地涌出来。

　　诗文先有了妙意，就好办了，就像建筑师先有了个构图理念，一切砖石土木，都能为他所用，都变成实现他理念构图的一部分。苏东坡比方得最通俗，他认为文章的主意就像

"钱"一样，有了钱，任何市场里的物品，都能取来供你使用，文章有了主意，任何经史书籍里的，任何人情世事间的，一切材料都能为自己所用，所以作文的首要是要有自己的主意。

当然，有人作文时，是先利用事前收集的卡片，将许多摘录来的意思，排比起来，略用一点自己的意思加以贯穿，以为这样就是"作文"，这和宋朝杨大年的作文法一样，杨作文时，动员子侄家人，帮他找相关的典故资料，用纸条摘录，然后掇拾贯联，被人讥笑是一百个补丁的"衲被"！也有人作文时，东翻书，西检视，铺书满桌，均有来历，以为这样就是"作文"，这和唐朝的李商隐作文法一样，聚集许多书在几床上，左右翻检，被人讥笑为只知排列材料的"獭祭鱼"！

写作当然可以参考材料，引用资料，收集一颗颗珍珠在玉盘里，然后用线贯穿成串，并无不对。问题就在是不是先有自己的主意做引线，然后驾驭材料。如果自己先没主意，反以拼凑别人的材料来驾驭自己的心手，宾主易位，这"衲被"便成为"天下文章一大抄"，作者也成了文抄公。

同样的，写作也可以检视图书，掉掉书袋，问题也在自己的主意，能否像一座洪炉，将成形的钢铁，全熔为红浆，铸成新貌？不然只以图书资料的堆垛为文章，捡些现成的，或用模拟的，参考了别人的书，抄下来仍然是别人的。"獭祭鱼"是水獭捉到鱼，排在水边展示成果，依然是鱼。假如有人吃鱼吃肉下去，排泄出来仍是鱼是肉，这种"食鱼肉便下鱼肉"的症状，医生会惊为不治的大病呢，缺乏自身主意的消化过程，正和这重症相似。

　　写作之道，简要地说，就是以自己新创的"主意"最重要，多读多看，只是在猎取材料供自己使用罢了，如果你真爱写作，从小到老，都随身备好纸笔，培养捕捉灵感的习惯，不断地写写写，晚年的作品，锤炼老到，像甘蔗愈老的根部愈甜；少年的作品，才情富艳，像笋尖愈小的芽尖愈嫩，不必"悔其少作"，不必"老伤衰飒"，各期都有不同的美境，努力多想多读多写就对了。

著书很无聊

有位作家吐露真心话，他对我说："只要进书店逛一圈，你就觉得写书真没意思，简直无聊！"的确，一进今天的书店，满壁满眼的书，叠着趴着，很像争食市场大饼的万千蚂蚁雄兵，红头黑牙，包装得色彩惊人。群蚁在那里争地盘、摆姿势、赛狠劲，你横我竖，我起你落，只觉乌压压地相互挤压，喘不过那口气，过不了几天，又全被新来的一批蚂蚁给收拾掉了。作家自以为辛劳笔耕了几年的成品，转瞬踪影全失，尸骨无存，所以许多作家怕去书店，一去那里，一种被忽略的感觉比被异议更令人丧气，就充满着挫折感。

这位作家又坦率地说："如果真是优胜劣败，倒也让作家们服气，无奈这包装促销的时代，全赖广告论英雄，一本书在市场上的存活率，要素不在优劣之分，不在艺术品商品之分，不在独创模仿之分，要素在促销，于是传播媒体的运用，商业噱头的安排，浅俗文笔的讨喜，比作品内涵重要百十倍，'不促销，就报销'。从前出一本书，总得要有点才学见解，现在是人人能出，阿猫阿狗轮流出，唉，民主票选的时代，果真是庸人出头、人人轮流的时代吗？"

我就劝慰他说："商业风潮逼成如此，也是挺无奈的。记得隐地先生曾分析书店是被昂贵的房租逼着，每本书陈列所占的位置比例，如果利润不能超过房租，如何展售得下去呢？至于民主时代的平凡风尚中，没有英雄，没有大师，只有消费的读者群才是一时之间的裁判，所以书只问销不销，难问好不好了。"

作家朋友走后，我不想让消沉的气氛影响我，还是多想些古今中外的名言作为支撑，作为砥砺。

首先想到明人陈龙正的话："今人轻于著书，只是念从立名起，不从天下后世起。"著书者的念头若能从天下后世起，不从眼前的名利起，就不甘心雌伏于通俗读物，就该鼓翼奋飞，向传世之作迈进。像程伊川写了一本《中庸解》，一定有些精微的见解，晚年自觉不满意，就烧掉底稿，他就是从天下后世的眼光来决定要不要出版。法人莫里克也说："只有不再热衷于自己的名利时，才开始成为作家。"值得引为警惕。

其次想到明末陈子龙所说："笔舌日轻，世亦积轻文人，良由自取焉耳。"作者若下笔轻率，正促成世人更轻视作家。作者若放低流品，取悦读者，愈想成为读者轻易驾驭的奴仆，作品也沉沦得愈卑下。孙江有诗道："骨傲怕随齐首唱，价高休作及时妆。"不追赶潮流，不媚时媚俗，不齐声唱通俗的调子，才是真作家。

还有清人秦笃辉所说："著书之道在于忠，不忠则剽剥欺谩之弊作。"作家不该什么时髦就写什么，什么好销就写什么，作家应该忠于自己，自己能贡献什么才写什么，作家就是为献出一生而存在的。写作是尽忠的事业，不是赚钱的行业。托尔斯泰也说过："将写作当成谋生手段，是可怕的错误"，当成钩钱的手段，当然更下策。

最后我又想到清人范当世所说："著书不求近知，于一世二世之毁誉爱憎，不稍措意。"有大志的作家，着眼于万世千秋，所以构思深而精，尽可选艰难的路去走，从历史的角度衡量自己的位置。西人开普勒说："上帝等了六千年才被人看到，一部作品至少要等上一百年才会有人欣赏。"这与中国人著书藏诸名山，以五百岁为旦暮的说法相同，多想想这些高大的襟抱，眼界自然宽远，一时书店橱柜间的争丘徙穴、黑胜白负，都不足以动摇作家的心志了。

爱是终身创作的火焰

　　从史学上去认识陆游，"本传"里只轻描淡写地说："游才气超逸，尤长于诗。"然后记了一大堆游宦的事迹，极为乏味。如果从文学中去认识陆游，才明白《钗头凤》一词才是陆游"心骨痛块"的总撕裂，影响一个大诗人的，未必是官位、科举或皇帝的赞叹，真正造就他终身创作不辍的炽烈火焰，可能是隐藏在私心深处无法吐露的残缺爱情。

　　所以文学是深层的历史，而爱情更是深层的文学创造的火焰。陆游曾娶表妹唐氏为妻，在正史中并未记载，推排陆游的年谱，也无法确定结婚在哪一年。唐氏名叫唐琬（蕙仙），这名字的出现年代也很晚，历史似乎是有意要抹掉这段泡沫往事，认为毫不重要。幸好陆游的老师曾茶山，有一位孙子叫曾黯，曾黯做了陆游的学生，凭着曾家祖孙三代与陆游互为师生的热络关系，才泄露陆游早年的这段因缘，刘克庄亲遇曾黯，曾黯告诉他：

"放翁少时，二亲教督甚严，初婚某氏，伉俪相得，二亲恐其惰于学也，数谴妇，放翁不敢逆尊者意，与妇诀……一日通家于沈园，坐间目成而已。"

曾黯还替刘克庄解释"惊鸿照影""沈园柳老"两首绝句的含意。似乎《钗头凤》的讯息，全从这条路线解释开来，不然，差点变成难解的谜。

陆游在二十三岁，就与蜀郡王氏生了大儿子，可见最晚二十二岁就结第二次婚，和唐氏首婚，可能在十七岁从鲍季和习诗文，到十九岁至临安参加进士试之间，正史上说陆游十二岁能诗文，到"锁厅荐送第一"时已经二十九岁了，青少年时代跳脱成一片空白，婚事根本不提及。

但在陆游的诗词中，隐隐约约，许多地方都浮现这心底不许人碰的痛块，陆游在沈园重逢唐氏，作《钗头凤》题在壁上，是三十一岁。离异已经十年以上，但这"错错错""莫莫莫"里，山盟仍在，锦书难托，面对这段魂牵梦萦了十年的幽情，居然连捎个讯息的机缘都没有，满怀情感的燃烧爆裂，禁不住热泪滚滚，湿透了红绡。

我曾证明"错错错""莫莫莫"，除了字面的意思外，"错莫"二字合成的词汇，正是"寂寞"的意思。杜甫诗："失主错莫无晶光。"李白诗："下堂辞君去，去后悔遮莫！"所以这连用的六个叠字，正强烈暗示无穷无尽寂寞的意思！

此后，别人听"姑恶"鸟叫，很平常，陆游听来就感触良深；别人看"落花"在风雨中，很平常，陆游看来就尤加痛惜销魂！他一谈到少年时代，都是"志气低摧只自伤"的痛楚回忆。他母亲怕他"惰于学"而拆散他少年情深的天仙生活，哪想到这钗头凤化作了离鸾，从此灼痛了诗人悠悠的一生。

直到六十八岁，偶到沈园，看自己题的词仍在壁间，而将近四十年间，沈园已换了三位主人，惆怅地又写下"坏壁醉题尘漠漠，断云幽梦事茫茫"的句子，回首感旧，旧创还是如此痛，不曾稍微愈合，口说"妄念"已全消，时时"焚香"，这也正泄露了内在难以平息的痴情。

到了七十五岁，虽然妻子王氏已死，另娶一妾杨氏，但住在鉴湖附近，每次入城，一定去凭吊沈园，一回登眺，一回凄然，五十年中的心骨之痛，到白首仍陶醉在往日的鸳鸯梦里，他坦白地写"此身行作稽山土，犹吊遗踪一泫然""伤心桥下春波绿，曾是惊鸿照影来"的断肠句。不久唐氏死了，而陆游到八十一岁，仍在写"夜梦游沈氏园"，他承认每次近城南，就怕走向沈园去，虽怕又不忍不去，他是甘心自缚在伤心的初恋之茧中，梦寐颠倒，不想自拔，像壁尘间锁着的墨痕一样，他也锁着这终身不灭的伤痛，这原来是他终身创作的火焰所在呀！

写作的条件

　　当一个人写作有点成绩的时候，别人总先用"有才气"来假定他。当然，才气是写作的首要条件之一，古人认为"以才驱气，驾而为文"，没有才情挥洒，文字驰骋起来根本没有气韵，有才思的文章往往被形容作"川注飙起""一片灵光"，就是能表现一股跃动的声气，或壮阔，或秀美，令人心折魂摇，不能自禁。缺乏才情的作者，连人都索然无味，哪能写出"薄九霄而凌铄一世"的作品来呢？

　　但写作除了"才"外，就需要"法"，所谓"才不奇不超，法不比不胜，两者不兼而不传"，法就是修辞、结构、体裁、流派等写作技巧，词锋新锐，变化入神，往往有法；

发挥有余，淘炼无功，就是无法。

古今名著，谁能不讲究写作技巧呢？太史公的《史记》，很多地方学六经的笔法，韩愈的文章又学司马迁，而欧阳修的作品又学韩愈，后来桐城的文章又都以学韩欧为正宗，"法"自一脉相传，声气也雄直铿锵垂二千年，并不是造句相模仿，用字相抄袭，只是学其技巧与绳尺，所谓"学古有获"，并不失掉"自运自宰、自裁自命"的面貌，所以彼此的作品具在，成就则各有独到，各有不同。

一般人以为有了写作之才，又具写作之法，就可以写作了，其实那只是"会写"，至于"写什么"，并不是靠有才有法就能驰骋如意的，所以写作还得有个"本"。

"本"是什么？那就是个人抱负、见识、历练、生活与学问的综合，而学问更是这"本"中的大根本。前人或许有"学盛而诗掩"的讲法，那也得要看因人而异吧？那些人有点学问就拘挛泥古，为古人所役，而不能使古人受役，如此当然缺乏韵味。就像有人有点才气就轻露佚宕狂态，而成为无行无品，全才兼才不易得，这也就是大作家甚难造就的原因吧？

"才"有时而尽，"气"有时而衰，徒"法"也不足成文，才法之外，必须有赖这些"忧世之志""成物之德""经纶之学"的大课程作为"本"。有了"本",内心光明洞达,才能言之有物,古今书册供应奔走于笔下,为我所用,好文章虽未必是"贯道"之器,但也绝不是"虚言"所能铺设。有了"本",像掘地及泉,愈汲而愈混混而来,不再枯竭;有了"本",像树木有根,根实华茂,理所当然。种种灵思巧想,议论风发,能够纵横九土,凌厉千秋,全靠这"本"的强固。

除了才、法、本三者之外,我觉得还有不可少的一样,那便是一颗执着于写作的"心",能否尽脱人间的牵累,而一心一意于写作,也是写作成败的关键。王安石说:"高位纷纷谁得志?穷途往往始能文。"这两句诗也传达了某种真理,写作者要建立正确的价值观:作家的"穷"与"达",全在作品的优劣上,而不在职位的高下与收入的贫富上。富贵而写不出传世的作品,乃是作家的"穷",并不是"达";贫微而仗着写作自慰,以致作品传世,那才是作家的"达",并不是"穷"。俗世的盛衰屈伸、隐显进退,都是一个大作家不屑一问的事,大作家必然是远离热闹、权势,是一个享受寂寞,享受静观,孤标特立,能"目无他营,精无他用"的人,到了这笃志专一的时分,上天才浚发他的灵心,成就他的写作。

作家的骄傲

　　一个青年若立志做诗人作家，读到那句"千首诗轻万户侯"的诗，一定感到强烈的心弦共鸣，确认于一生中若能创作好诗一千首，此生的满足，远超过功业彪炳的万户侯。

　　古代知识分子只有一条出路，就是做官，而万户侯又是做官红极发紫的巅峰，所以拿万户侯来和文艺成就相比，这万户侯是代表着人生一切的辉煌显赫而言的，尚且比不上写诗文的成就感，由这里也可以窥见作家的骄傲。

　　或许有人会笑说：这是吃不到葡萄说葡萄酸的酸气冲天，或是吃了柠檬硬说柠檬甜的言不由衷。这些讪笑是由于不曾获得过写作的快乐吧？人生的历练一番又一番，写作的进程一境又一境，乐此不疲的文学志士前仆后继，接力不断，甘心以写作为终身职志者比比皆是，官职未必能改变其初心的。

偶尔读清代李怀民、吴绍田两位的诗，这两位在文学上不算太有成就的志士，不也有着相同的坚持吗？

一位说："思入如中病，吟成胜拜官。"诗思一深入，人便像着魔得病一般，妻子呼喊也听不见，但一旦有好句吟成，内心的喜悦雀跃，便胜于新拜官职呢！

一位说："花绽逢良友，诗成胜好官。"天下的乐事，就数花开的季节，能巧逢良友，这时互赠一首好诗，真是胜过好官多多。

清人写诗既没稿费，科举也不比赛诗，吟诗雅事完全与生活实用无关，居然仍痴傻执着如此，为什么作家们都认为写作胜过拜官呢？

最浅显的例子就是，做官的人一入台阁，也个个喜欢出版几本书来脸上贴金，但这种"以官为文"的书籍，只想标榜自己，迎福取宠，这些书籍大都是东送西送，无人要看，被束在高阁上，更无聊的是枪手代打，花钱买稿，所谓"于官愈近，于诗愈远"，哪里能与作家流传风行的诗文相提并论呢？

除此之外，文章胜过好官，还有三点可说：

欢喜胜过——作家不必顾忌"遇合"的问题，只求抒发快乐即可。著书立说，有时破解了千百年已成的公案，有时创发成千百年未有的语言，眼空四海，鞭挞万古，雷声电舌，笔墨生光！那份透达、豪快与欢喜，与做官的委曲、隐忍、瞻前顾后、事事求万全是完全不同的。

灵秀胜过——在作家看来，天地乾坤的清淑持正之气，都荟萃宣泄于人类身上；而人心的虚灵明秀之气，又都荟萃宣泄于诗人作家的笔下。天地间有一种声光是绝不能侥幸获得，尽管百事都可侥幸假装，只有"寸心独出"的诗文是无法侥幸假装的，学人的文章得天地之正，才人的文章得天地之奇，尽管所写的只是风声月韵、林籁溪鸣，但诗人那双眸慧彩、一片灵光，是天地间最灵秀的宝贝，古人说"艺之极精者皆神人也"，把文章艺事比作神明呢！

长寿胜过——谁不喜欢"长生久视"？人不能长存，就希望姓氏长存、声名长存。官职再大，能存姓氏声名的已经极少。但作家诗文长存，不但存姓氏声名，更能长存其慧业与精神，文章千年，人亦千年，古语说："存则人，亡则书。"书存等于人存，心意因之而长生不死。所谓"文高不死死犹生""人间真寿有文章"，官职只有顷刻的光亮，而文章垂于天壤，千秋万世，皎皎与日月同光。

文名可贵

　　前番在全台学生文学奖的颁奖典礼上，我恭喜得奖者获得了"文名"，我说"金钱"可以因别人给你，而一夕致富；"地位"也可以因别人提拔，而一步登天，只有文名是必须由自身点点滴滴的努力，而不可能借别人之力在旦夕之间成为文豪。所以"文名"比金钱、地位得来不易，更难能可贵，而获奖者应该以难得的文名而自豪。

　　同时，获得中国的文名，比获得世界各国的文名，尤为珍贵，因为世界上只有中国人，是将文章家与天上真实的星座并列，来供人瞻仰膜拜。天上真有六颗星围成半月形，在北斗魁星之前，灿烂照耀，称之为文曲星或文昌星，竟是文学家专属的星座。显然中国人看文章，绝不是"小技"，文章要得自然之助，它还不啻是风花雪月所酝酿；文章要得江山之助，它也不啻是山川秀气所激荡，中国人看文章，乃是宇宙星光浮射凝注的精英之气，钟灵于少数人，来宣泄天地大块的浑庞洵穆之秘，甚至说文章的气运，直接关系着国家的气运，也就是文章家可以影响全国人民的生活命运。

我说文名可贵，更是因为赤手空拳的平民，可以凭此来与帝王暴君争胜，暴君可以没收你的财产，可以贬谪你的地位，却无法抹杀你的文名。明代的李贽，身被杀，书被焚，因此招奇祸，却也因此招来更大的文名，上天并没有亏待他。明代的方孝孺，由于暴君一念气愤，灭了他十族，连宗戚朋友都遭屠戮，片纸只字，都列为厉禁，但是百年之后，文章反而大行于世，暴君又能奈何他吗？宋朝的苏轼、唐朝的李白、汉朝的司马迁，尽管帝王将他们下狱、流放、刑罚，文名不因万乘之威而渐灭，可见匹夫匹妇所以能与暴虐权威争胜、与历史争千秋的地方，也就在这可贵的文名里了。

细数天下万物，上天几乎都肯轻易予人的，对于一个庸俗的人，上天不给他高洁，就给了他财富；不给他清福，就给了他权位。只有文名是不肯轻易予人的，幸而给了他文名，往往连带给他身心的困辱、神志的抑郁，很少是终身逸乐无虞就获得荣盛的文名，几乎都是"厄于一时"，然后"耀于无穷"，明白了上天在这一点上特别吝啬，而你能得到了，因此困厄过一时的李贽、方孝孺等以及天下所有的才人，都足以消除心头骄矜怨望的气愤了！

今天，尽管许多悲观者在说"文学已死"，所说不过是依据销售率、读者趣味而已，依我看，恰恰相反。薛光祖先生曾对我说："三不朽之中，立功最短暂，而立言最长久。"我同意他的话，因为时代面临价值错乱、是非混淆时，立德最模糊，圣人被诤害，恶徒受崇拜。立功又最遭忌，后任喜欢否定前任，对立喜欢曲解功过，英雄的志业往往成为千秋的涕泪。而只有立言赢得的文名，不受一时抹黑的影响，它是在千秋星光上永恒照耀着的！

难医最是狂吟病

　　一开始会迷上写作，当然是受了什么"文章，经国之大业，不朽之盛事"之类名言的激励，年轻时受到理想化的导引，远胜于现实面的考虑，所以这些高远壮大的图像，对年轻人来说，不但不觉迂阔，反成为心头一幅旭日初升云彩五色般的美景。

　　随着年岁渐长，赤子之心渐失，明白要写成"经国大业"的文章，不是很多，爱好文学，跟经什么国，未必有直接关联，能否不朽，除了才气大，还得靠机遇运气，期望使文章声名的长度，比自身生理的长度，长出一大截，实在很难。印刷品如此多，谁都可以出书，虚声谬赏，真伪莫辨，谁能使作品成为"杰出卓然天壤间"的不朽盛事，乃是可遇而不可求的。于是有些作者大搞"门派""抬轿""标榜""造势""赶时尚""利用海内外关系"，费尽心力想出名，名还没有不朽，人格却先朽了，又何苦呢？

写文章未必能有伟大的风云壮图，但我们依然迷上写作，这又所为何来呢？

我想生命中总要有一点痴，生命才能有所寄托吧？写作正是一种痴癖，你看作者个个"午夜一灯，晓窗万字"，自以为写成奇文而疾走狂叫的；自以为写出趣事而大笑不止的；自以为写得古雅而生吞活剥的；自以为写得玄怪而如雾如谜的，旁人看来近似疯子的行径，写作者却视作耽乐不已的趣味所在。

你看扬雄不是刚写完了《甘泉赋》，就梦见自己五脏六腑都翻出来在地上吗？赶快自己用手捞回去，结果醒来大病了一年，病好了又再写写写；王仁裕写诗文，也常梦到拿江水来剖肠涤胃，清清思路。宋田诰写文章，喜欢藏匿在深草堆里构思，每次从草中窜出，就写好一篇；罗屺作诗，更喜欢爬到树头顶上，在树颠死去活来，一诗写成，面色枯槁有点死人气！写作可真是一种痴，作者在痴里找到了自己安身立命的所在。

写作当然也是一种怪病，染上了难医得很。元代有两个和尚分别叫作圆至与魁天纪，都迷上了写作，圆至作诗给天纪道："拈笔诗成首首新，兴来豪叫欲攀云。难医最是狂吟病，我恰才痊又到君！"写作是难医的病，好像还有传染性呢，我刚病愈，你又发作，写作病一发作，有时连死刑都不怕，所谓"宁使天下皆可杀，不忍使吾言不传"，这种胆大狂妄病真是无药可医！但偏有作者认定作品就是生命全部的意义。

写作成了一种痴病后，也自有其好处，得了写作症，就不再得寂寞病，而能享受寂寞了。群聚游荡或呼朋喝友，毕竟是年轻人的事，人到中年而仍耽乐于酒肉朋友堆里，只想酬应闲聊的，大抵都不会有精神世界，这种虚假的热闹正显示生活的贫血与空乏，人到中晚年而不能宁静地寂寞，从而挹取自在自得之乐，是非常肤浅的生活。

再则迷上了写作，读起书来就不再是纯消遣，生活也特别用心，因为写作像工厂出货，出货既多，原料的输进必然要相对增加，而读书与生活，就是写作的原料与营养，所以一般人喜欢杀时间的无聊书，写作者要读的书大大不同，他慧眼独具，涉猎极广，专能识别哪些是对写作有益的补养品。

迷上了写作，随着年岁愈增而愈见到写作的好处，许多人面临退休而惶惶不安，好像一下子就失去自己的舞台，连同会失去自己的角色与尊严似的，但擅长写作者就不同，人生的阅历丰实到退休时分，正进入巅峰，而分配给写作的时间也会因退休而更为充分，清代的儒者都互相劝勉"五十岁后写大书"，因为退休后正是步入一生中最大的丰收季，阅历既丰，读书又多，正是写作的好时节。

迷上了写作，连隐居到举目无亲朋的国度去，也不用怕没事做，一到风光旖旎的陌生地，只要纸一沓、笔一支，纵横万里，上下千年，就有做不完的心爱工作。你看：除了写作，谁能一面游山玩水，周游列国，一面就算是在做美好的工作呢？

八面受敌成大家

有人问苏东坡:"你的学问如此博洽精窍,文章又如此涵浑奔放,有什么学习方法吗?"东坡回答说:"要接受'八面受敌'的考验,沛然应之,无不御挡,读书作文都能有成了!"于是"八面受敌成大家"就变成一句箴言。

读书时先要确定几本精读的书,作为一生学问的根基,像苏东坡选的是《汉书》,加以分门别类:治道、人物、地理、官制、兵法、货财……参伍错综,反复地博求详考,另拿各种书来印证反驳,到了一一畅通无碍,书就读通了。

作文也要通过层层关卡,苏东坡的文章,在当时一度被朝廷所查禁,填的词也被李清照嘲笑,到南宋还被朱熹讥责为"拾取苏秦张仪的余唾，晚年醉倒在佛教老子的糟粕里"，种种批评攻讦诚然严苛，但通得过历史的考验，毕竟成了大家。

欧阳修写文章时，把文稿黏在墙壁上，出入门户时一再地修改，他的母亲奇怪地问道："你仍在怕先生们批评吗？"欧公回答道："何止怕先生，更怕后生！"可见他早已明白，八面之敌，不只来自同时的人，还包括来自后世的人呢！

你以为李白、杜甫不曾遭遇"八面之敌"，一开始就被尊为诗仙诗圣吗？不是的，当时讪笑他们的人非常多，直到李杜身后，讪笑依然盛行，所以韩愈忍不住要站出来叹息"群儿多毁"，并说李杜的文章，是"光焰万丈长"的。你只要看至今流传下来的唐朝人选的唐诗，中国有十种，日本有一种，这十一种选本里，杜甫的诗居然一首也不曾被选入过，有人猜是"瑕疵多"，也有人猜他太"出群"了，诸家都不能和他并列，真是这样吗？可见李白这种"致而见奇"的天才，杜甫这种"博而见养"的天人俱备，要成为诗仙诗圣，同样历尽了"八面受敌"的艰辛。

再就韩愈来说，在建立自己的新风格时，由于大部分人都害怕他们所不熟悉的东西，群起争论与讥讽，而韩愈反以

"别人非笑"处，作为自己得意处；以"别人嫉妒"处，确信自己有高明处，只求合于文章，不求合于群众，坚信文章的价格不是一人一时所能排定，好文章往往是"易世而始章"的，换了世代，才光明彰显。果然，在唐代贞元年间，一再选拔"博学宏词科"，却从来没选上韩愈过，但至今称"文起八代之衰"的泰斗，是那些被选为"博学宏词科"里的诸君吗？

举了上述历史的例子，我是想向每年参加文学奖的青年朋友进一言，不必因一时的成败而或骄或馁，文学奖只是一个小小的考验，有志想成大作家的，应该有"不以人誉之高下为低昂"的心胸，守住自己那份雄奇磊落之气，在"八面应敌"之间，不断求突破，不断求冲过关卡瓶颈，坚信谭友夏所说"我所必起，人不能废"的道理，勇猛精进吧！

想象力

　　生活中最重要的是什么事？由我回答，我一定说：是想象力。

　　没有想象力的人去爬山，登山临水，如同劳役，最多是强健筋骨而已。他不能在山花径竹之外，看到比粉黛更艳的颜色，也不能在松涛石泉之外，听到比琴笛更清的声音，只能数数石级、量量路程，无法在形色之外，心领神会特殊的韵味。硬拉这样的人去登山，他会把自己看作无利可图且空手而返的樵夫，登山乃是自找苦吃，多累！

　　没有想象力的人去读书，读书考试，都成了劳役，最多是短暂地强记一番而已。书上分三点，就记这三点，四个人有不同说法，就背这四个人的名字。他不能在书本外试着自己思索去解决问题，也不能自我反省来启发新知，只知一句一句地画红笔做记号，完全被作者吓倒，没有自己游神会意的空间，在书海浩瀚的强大压力下，做书蠹、做书橱、做书奴，越变越无知，好苦！

没有想象力的人去种花，虽口口声声说"我爱花"，种了千百株花，只像个园圃里的花贩；没有想象力的人去弹琴，虽口口声声说"我爱音乐"，奏了千百个曲子，恐怕只像个仪仗队里的鼓吹手。

登山、读书、莳花、鸣琴，就以这些生活中最富韵趣的事为例，一旦缺乏想象力，就沦为樵夫、书呆子、花贩、鼓吹仪仗手。

反过来说，如果有丰富的想象力，一个背负着柴担的樵夫，就像肩扛着人生的负担，许多人只管贪心地加重自己的担子，像做官想爬得更高，像发财想腰缠更重，宁可犯危履险，千仞下跌，也不肯轻束担头，少挑些柴火，安全归来。真是"任它雨过苍苔滑，偏向巉岩险处行"，从一个贪婪的樵夫身上，洞见了全人类悔恨不及的愚蠢！

如果有想象力，从隔窗一根竹竿，投影在砚台上，就想见一片潇湘的云彩，添加了砚台上深深的墨气。于是风吹过竹子像琴奏，砚台前的人也像坐在潺潺的流水里，四周的墙壁光影斑驳也像杂乱的帆影。吟诗读书写文章，无一不在阵阵暗香中，灵思汩汩而来，书里读几分，书外读几分，自有山川风月陶冶性灵，做个"诗书解人，山水知己"，读书才不会读傻了！

如果有想象力，在一瓢水中，就领略到四海的水味；在一株花里，便想象出千百种花至清至秀的境界。种花何必多？而访菊、探梅、护兰的这番心意才重要。就如你画梅写兰绘菊，重点不在颜色形似，而在花那至清至秀的意境，缺少想象力，是引渡不到那境界的。

如果有想象力，那么通俗的琴声，也像佛在说法。苏东坡问："若言琴上有琴声，放在匣中何不鸣？若言声在指头上，何不于君指上听？"就算你说用指拨弦才有琴声，那么用凡夫的手指去拨，为什么拨不出"流水高山"，拨不出"绕梁三日"？这是苏东坡的想象力，居然用琴也能代替说法了。

谈联想

有人读到"杨柳岸，晓风残月"，居然联想为露天上茅坑，出野恭。有人见"松柏后凋于岁寒"，居然从草木在风霜中的性格，联想成危乱时代中贞良的材干。晓风拂着杨柳，寒风号着松柏，同属风景，一个联想得如此污秽，一个联想得如此高洁，差得好远！

同样是下雪天，雪花轻柔地飘下来，粗家伙说像空中在撒盐，心思细腻的，说是柳絮因风起舞，可见联想实在是一面镜子，充分反映了联想者内在怀抱的雅俗。

内心自卑多疑而充满着忌刻的，像明太祖，看到"光天之下"以为笑他曾是摩顶的和尚；看到"为世作则"以为笑他穷困时曾做过贼，都坐"不敬"之罪，加以收斩！这种联想敏感得出奇，也自寻烦恼。而内心自信不疑又充满着爱心的，像宋神宗，看到"琼楼玉宇，高处不胜寒"，就以为东坡满纸是"爱君"之心。善唤起爱，恶唤起恨，联想的源头就在联想者一念的善恶，爱恨竟截然不同。

心地的善恶、雅俗与习惯，既能影响联想的方向，因此我觉得培养联想的优雅性，自然也可以改造心灵，提升气质。我常劝绛唇玉貌的青少年，少去联想荒坟白骨；常劝纯洁方正的青少年，少去联想贪污红包。高尚的男女交谊，何必联想成"马子与凯子"？优美的聊天说地，何必联想为"打屁与瞎掰"？让联想多往优美高雅的天地舒展，日久就能洗涤心灵，那时说话或作文，自然神气一新。

联想的方向，原本是活泼而头绪无限的。不过优美的联想，也常有一些特性。

譬如说，"小中见大"的联想，常从小地方想出大道理。一支小蜡烛，不是就有人联想为"燃烧自己，照亮别人"吗？"蜡烛有心还惜别，替人垂泪到天明"，蜡泪涟涟，让人想起多情的人，总是容易同情别人、折磨自己的。"只缘心太热，不觉泪成行"，在说蜡烛，也在说所有慈悲的人，蜡烛垂着热心人的眼泪，多美的联想。

譬如说，"超凡入圣"的联想，常从凡庸中想出神奇来。如果形容一位高士，住屋尽管低矮，透过梅花万树，联想他的"卧姿"乃是空前的"高"。"万树梅花一间屋，纵然矮煞可高眠。"一间凡陋矮煞的简单建筑，因为人品圣洁高万丈，梅花高洁有万株，使高人的"高眠"变得何等兀傲可喜？物质的低与精神的高成了悬殊的反比，也绝美！

譬如说，"反常合道"的联想，常从不合常规里更令人惬意。如果说人是翠绿透明的，就很反常，可是说"湖影人皆绿"，联想浸泡在一湖春水中的人影，全成为翠绿透明的，那多美？反而惬于人心了。如果说水会起棱角，就很反常，可是说"霜威水起棱"，联想寒风带冻，连水波也要凝结起棱角啦，那多冷多美？更反常的是月光也可以起棱角，"风高月起棱"，寒风固然有棱角，连月光也冰成碎光璀晶，感觉上触手生棱，冷得出奇，但反而更惬于人心了，联想得多美！

不要相信灵感

  爱写作的人，多喜谈灵感，在家闷坐整天，只字未写，就说是"灵感不来"。古人有爬到树颠去等灵感的，今人则喜坐在咖啡厅的微灯下"狩猎"灵感，咿咿呀呀，一句半行，自以为猎得了生气淋漓的野生灵感。

  许多爱好写作的青年，多是夹着笔，托着腮，苦思冥想，就算真做到了"含笔腐毫"成痴成癖的地步，也创造了几篇佳作，但就是不能持久。"灵感"好像是很吝啬的东西，总是让你稍尝一点甜头以后，就再也久候不来。

  西方人把灵感叫作"烟士披里纯"，形容为天才者突然涌现的感情，有如宗教上的"天启"一般，是具有超自然力的精神感动。不过，我倒不做如此神奇的想法，唐朝王勃坐快艇到滕王阁上，拈笔立就那篇《滕王阁序》，真是惊世绝艳，王勃应该获得"灵感"之助吧？苏轼夜游弄错了地点，一样写了那篇情景与理趣兼美的《赤壁赋》，苏轼应该获得"灵感"之助吧？但我不认为那是什么突现的超自然能力。我以为如王勃、苏轼的表现，乃是他们数十年在学问修养上总体融会之所得，凭着才华的笔，乃得一挥而就，若没有学问修养及虚灵的心境，所谓一时的灵感，根本没有突然涌现的可能。

因此，我想告诉爱好文学写作的青年朋友，不要相信灵感，写作应从读书、修身、静心三方面入手，天底下若真有灵感，缺了这三样，灵感也无从降临的。

写作为什么一定要读书？读书的目的不在抄袭佳句、效颦风格，更不是自己缺乏自信，而去仰仗权威著作。写作要读书，是为了"积学储宝"，长见识、明事理、多史证、察风物，享受现成的古人经验，领受古今的示范佳作。

写作要读书，是为了书有触媒作用，激发思想。前人想一件，我们因而闻一知十，想十件。前人想东边，我们因而相反推理，想西边。前人想浅处，我们因而深入推勘，想深处。常读书，写作的资料可以彼此被触发，互为条贯，而且耳目常新，心思容易推广出去，写作的思路源源而来，文章的光彩才能久而弥彰。

写作要读书，更是为了收敛"放心"，少读书则闲暇怠惰，心容易放散，多读书则见多识广，神气清正，气象自然不同，产生变化气质、虚静心境的效果。

多读书游历，笔下浑然浩远，有了海岳之气，多好！多读书修养，笔下湛然清绝，有了冰玉之质，多好！多读书明理，笔下铿然和鸣，有了金石之声，多好！多读书思考，笔下卓然高大，有了名家之象，多好！

写作为什么要修身？因为文章是心灵的反映，作者要有一个美丽的心灵，才能反映成美好的作品。古人说："藏心于渊，美厥灵根。"所谓"灵根"，就是德行。有人认为作家常常幻化自己，写道德的事物，全为了救赎涤罪。如果真是如此矫情，如此"有舌无骨"，那只能欺世于一时，不能感人于永恒的。

好文章就是要表现作者的本色，有了本色，才能成品，才有可贵之处。一个作家如果胸中没有固守的志向，笔下也不可能有什么警策的语句，陶渊明的诗写得再澹远，只谈谈酒与诗，但其中何处不是拂衣而起的血性？因为陶渊明无心求名，只想蓄德，所以善保他的"元气"。我以为写作最要紧的是腕下有这股"不磨的隽气",文辞缺少这股盘结精纯的气,就像寒蝉土蚓,难以传声于久远的。

修身养气,好像很迂阔,但文章毕竟不以粉饰字句为根本,而以求气势的整大阔达为根本,气从理来,心中要理直,笔下才气壮;心中要理充,笔下才辞富;心中要理明,笔下才辞达。否则只写些阉幽柔靡的文艺调调能怎样呢?

写作为什么要静心?因为心不静,总是往人欲的方向奔驰,只有心静的时候,定静思虑而有得,才能写出好作品,心静下来,灵妙的"天机"才活泼起来,成为灵泉不竭的源头。

为什么不少作家一炮而红,反而再也写不出好作品?因为蹿红的作家,能够不让注视着他的大众眼光妨碍他苦思冥想的才能,太难了!商业的拉力,掌声的引诱,世间人欲的喧腾,都改变了他当年创造第一个佳作的环境,心已经不容易静下来了,纷杂昏沉的呼喝之中,写作者必须依仗的纤细性格不易继续维持,丰盈的人际牵挂,反使才子贫血了,古时候的"江郎才尽",就是真实明显的例子。

古人认为写作者必须"洗涤心源""独立物表",才能"具古今只眼",文章里才能有"一段精神命脉骨髓",话说得好像调子太高,但我记得拿破仑说过:"一个不想当大将的小兵，不会是好小兵。"同样的，有志于写作，就要悬一个高标准去努力，具古今只眼，写传世作品，若完全没有这种想法，就不会是个好作家。

小说的威力

见报载黄裕美的文章，说美国俄克拉荷马市的大爆炸案，死伤近四百人，与一九七八年时的小说《透纳日记》的情节，完全符验。作者威廉·皮尔斯目前仍自称为"爱国者"，还身兼白人优越团体全国联盟主席，他在十七年前的小说中写道：

"白人优越主义者用化学肥料制造一枚威力超强的炸弹，安装在一辆租来的卡车上，在某一天早上九点刚过的时候引爆，炸毁一幢联邦大厦，数百人丧命，事发后两个多星期，警方才将残垣败瓦清除完毕，将死者从废墟中一一挖出，总统十分震惊……"

　　这些假设性的描述，居然今天真有狂热分子依样葫芦去实施啦！读了这条报道，不能不为文艺小说的威力而感到吃惊！

　　回想一下中国历史上的乱世，动乱的背后，也常常利用一只小说家的黑手在作怪。由于中国人内心的是非观、价值观，常常是依小说戏剧建立起来的，野心家只要利用小说人物做批判，言简意赅，家喻户晓，小说人物就和现世人物合而为一，活现在群众眼前了。

　　譬如明末的流寇张献忠，起事时自称八大王，他狡谲善战，据八大王的老本管队杨兴吾的说法，张献忠的智慧全从小说学来，他一有空，就请人说书，爱听《三国演义》与《水浒传》，他到四川僭号大西国王，以蜀王府为宫，把成都叫西京，在成都即帝位，也全学自《三国演义》中的刘备。造反的头目都流行绰号，什么"射塌天""混十万""过天皇""一斗谷""瓦罐子"等，类似于《水浒传》，而每次战事的埋伏攻袭，都是效法小说的情节，这与美国奥市大爆炸的时空场景全学自小说情节，如出一辙。

　　到了清末的义和拳事件，更是小说妖孽的天下，拳匪在神坛上供奉的是洪钧老祖、梨山圣母、孙悟空等。当时的御史徐道焜向太后进奏，居然也说："洪钧老祖已命五龙守大沽，夷船当尽没！"而长江巡视李秉衡去检阅义和拳部队，"大师兄"们手里举起的是引魂幡、混天大旗、雷火扇、阴阳瓶、九连环、如意钩、火牌、飞剑，叫作"八宝"，全属《封神榜》《西游记》里的东西。这时小说戏剧主宰了北方人的思想，竟用小说里的神权，什么五龙八宝，去和列强的坚船利炮决战，结果演变成空前劫难！

笑话还多着呢，临到与洋人开战，说玉皇大帝敕命关公为先锋，二郎神殿后，还有财神真粮、赵子龙、秦叔宝、常遇春、胡大海均来会师。以肉身去挡洋枪洋炮，口里念"左青龙、右白虎，云凉佛前心，玄火神后心，先请天王将，后请黑煞神"，愚昧笑话一大筐，当时人却深信不疑，这些都来自《西游记》《封神榜》《三国演义》，外加《绿牡丹》《七侠五义》，是小说的大会串、大闹剧，影响人心，实在厉害，驱策人民，居然忘死！

义和团的故事，后代一样被写成小说，编成剧本。义和团在冲锋时，都强迫幼童去打头阵，直犯敌军，说什么以拇指掐中指，力掐不放，叫作"避火诀"，结果排枪响起，尸体多是未成年的孩子。

说到这里，真不免要佩服王安石的见解，他说："不读小说，不知天下大体！"稗官野史，市井闲谈，有时比教科书还更左右人心呢！而明人钟震阳在与刘明远的信里说："安知阅《水浒传》之非真读书也？"更是极先进的看法，今后我们对课外闲书小说要采何种态度呢？

大师与大手笔

从事文学工作的人，稍稍深入堂奥，就面临着"创作"还是"研究"两条不同的道路，也就是做"作家"还是做"学人"的抉择。作家需要纵横奇放的才情，学人需要精严渊博的学问，作家最高的成就是成为大手笔，学人最高的成就是成为大师。

作家重在创作，学人重在研究。创作出于自发，要凭空创造出灵动的文字；研究出于对象，要据实查证出真切的原委。作家厌恶拾人唾余，蹈袭剽窃都成忌讳；学人则必须时时掉书袋，句句加注脚，一失去依傍就成空言胡说。所以作家即使镕裁别人的思想，重在自我的发挥，引书多了就嫌杂，多用别人的话就算堕落；而学人全靠学力的深厚，重在资料的掌握，引书少了就嫌漏，在援引之中就代表一种判断。因此作家是镕裁别人来造就自己的；而学人是献出自己来彰显前人的。

由于作家重才情，才情多半出于天赋，聪明由内而出；而学人重功力，功力多半积于功夫，知见由外而入。天赋才情最可贵，因此作家常常自傲，轻视学者。从唐朝起，考"经学"出身的"明经"，远不及考"诗赋"出身的"进士"吃香，直到训诂盛行的清朝，依然有"避君才笔去研经"的说法，退避作家的才笔，才去"研经"，等于承认缺乏才情的，只好做评论研究的工作。于是袁枚才有"作家像是劳心，学者像是劳力，而作家胜于学者"的话，西方人说得更露骨了：只见为莎士比亚、贝多芬建铜像的，谁见过为研究莎翁及贝多芬的大师建立铜像的？平心而论，学者怎能说不劳心？而孔子固然被建了铜像，研究孔子而详注四书的朱熹，也一样有人为他塑像的。当然，著作家在前，研究者在后，但研究者同样再启迪后来的著作者，先后主从关系乃是循环影响的。

再平心而论，大手笔不能无实学，大师也不能无文才。近年来有所谓"灌水书""灌水论文"出笼，太多不学无术的人跻身为作家诗人；太多无才无识的人侥幸称博士教授，所以也就长期见不到大手笔与大师。像宋代苏东坡，肚子里淹贯经史，才成了大手笔；像朱熹，照样有诗文传诵人口，才成了大师。推之汉代的司马迁是大手笔，学识也是一流的；汉代的郑玄是大师，文札一样垂之千古，都是才学兼备的典范。

有才而无学，好像一个巧妙的建筑师，能构图设计，却没有工具与砖瓦；有学而无才，又像一个笨拙的泥水匠，虽存积了些砖瓦与工具，却不能做伟大的构图设计。如果说学问是材料，才气乃是匠心，两者是相资为用的，良材良匠缺一便不能成良器。因此徒骋其才，才必衰竭，必仗学问才是根基；徒炫其学，学必僵腐，必待才情方具灵魂。明白这道理，作家与学人应该相互尊重、相互学习，懂得互补短长，才是成为大器的征兆。

胜人与独诣

一位前辈对我说："文学艺术类的作品，当你欣赏到有一分过人之处时，其实作者已耗了十分的力气！"这句话听在每位曾经惨淡经营过的作者耳中，一定许为知音！

文学艺事许多人都能到某一个水平，谁能再凸出水平高一分，这一分就谈何容易。就像拔尖争冠的决胜顷刻，那略胜的一筹，已耗尽毕生的精力。围棋国手对决时，能胜一目就好；短跑选手对决时，能胜十分之一秒就好，所谓"射较一镞，弈角一着"，胜人之处正不在多，那毫厘之差，常常是毕生力气之所汇聚。

因为每一门艺事想胜人一分都不容易，首先不能见一样喜一样，以为样样可以胜别人。从前姚鼐见别人擅长什么，就想和那人争胜什么，有人就对戴东原说："我以前很畏服姚鼐，现在不畏服了！"戴东原问他为什么？那人说："他太喜欢'多能'了，见别人的擅长，都想夺其坛席，所见愈多，所爱屡移，不能专笃耐久，无法精到，必然粗疏，所以不足畏服了！"戴东原就把这话向姚鼐直说，姚就痛改前非，不再求胜过别人，只求能造就自己，终于成了古文大家。

方苞也想学作诗，曾经把诗送给查初白看，查对方说："你的性向不像诗人，还是以古文名世吧，把力气合并在一起，或许能登峰造极！"方苞就终身不再作诗，果然成为古文的一代宗师。

这大概就是张南本所说"同能不如独诣"的道理，与其和众人"同能"，不如一人"独诣"独到。求一人"独诣"，首先贵精不贵多，贵专不贵泛，所谓"百艺百穷，九十九艺空"，就是样样通、门门松，什么都行、什么都不行，多了就不精的悲哀。不过近代学问重在科际整合，太专了就嫌狭小，难生新见解，那么必须一样通了再学一样，积少而成多，虽多不杂；由精而及博，虽博不泛，这样精也就在其中，和"成于专而毁于杂"的原则并不悖，反而能成其大。

求一人"独诣",最忌讳追逐潮流,比赛时髦,而应该去自辟蹊径,独造神境。必要时何妨反潮流、反时髦,能"弃众人之所收,收众人之所弃",虽不必标异,亦不必求同的。

求一人"独诣",重要在对自己有默契,不求胜人,只求自胜,所谓"知耻近乎勇""有为者亦若是""闻过则喜",都是君子的求胜之道,所争在己,而不在人;所争在千秋,而不在迟速!"独诣"的要义不是专立新奇可喜的理论来迷人,而是真正使自己具备了信心。"独诣"也不是"骄矜"或"忮害",独诣如变成了怠傲,只想胜过别人,可能连枯木朽株都会变成你的仇家。

文学艺术的天地是无限的,你多了一分,并不是别人会少了一分,这不是一个相互掠夺的地方,而是各人可以尽量发展自己以各擅胜场的世界,努力凸出高于水平的那一分来吧!

抒发之乐

　　为什么当一位作家执着笔，永远没有些微倦容呢？有人说是为了钱，评估得太低，那是变成了通俗作家以后的事；有人说是为了责任感，又评估得太高，那是变成了时事评论专栏作家以后的事，依我爱好纯文学的观点来看，执着笔不倦，实在是为了自己享受这"抒发之乐"。

　　人有了英雄之气，总想升霄纵海，大张金翅，做一番快心的事；人有了才俊之思，也想穿苞破蕊，千林吐春，成就一番抒发之乐。必然是内心的块垒有一种崩解爆裂的压力，催促这灵奇去绽放，才有不吐不快的感觉。

　　像漫天进飞的雪银，像遍地怒放的花馨，只顾不知吝惜地恣情发抒，至于雪白了会污秽，花馨后将萎落，都在所不计的！所以你认为作家是为了钱、为了名、为了责任，不是不对，都落入了第二义的"人为"，在第一义的"天机"里，真作家只是为了快心的抒发，像撒雪开花的天地之心一样，只顾快心的抒发！

民主时代的好处，就是人人有抒发的自由，也有维护别人自由抒发的义务，议会殿堂里，争抢麦克风，或霸占住麦克风长时不让，在自享抒发之乐时，或许会妨害别人的抒发之乐，便会生不快的争执。若能像蝉一样，各自抱住了秋林的高枝，长声无忌，毫无限制，又不会妨害别人抒发之乐的，正如作家一般，各个枝头蝉样地自鸣自唱，比"限时发言，针锋相对"的议会发言要快乐多了。

古代作家的抒发之乐，受了媒介物贫乏的限制，作品要"藏诸名山，传诸其人"，作家亲身不易见到作品流传之乐。幸运一些的，有人肯传抄，一以抄十，十以抄百，使令争抄得"洛阳纸贵"，大概是最大的乐事。哪能像今天，报纸动辄印成百万份，广传电视，遍及山隈海角，一篇文成，旦夕之间，四海人读，真是"文成坐看人争读，李杜生前无此福"！这种抒发之乐，是李白、杜甫生前也梦想不到的高度享受。

享抒发之乐，既然是一种福气，那么享福者要特别惜福不要造孽才好。落笔之时，要有忧国的仁心，有敢言的勇气，有周延的才智，忠诚而不忘宽恕，多情而不加忮害。像王维，像郑虔，都在安禄山造反的时候，被加以伪职，但在杜甫的诗中，并没有一首讥嘲掊击的诗，杜甫宽厚地同情王郑有不得已的苦衷，并没有嫌他们"才名轧己"而乘机揭发瘢垢。同样的，像杜甫，像李白，光焰万丈长，而韩愈却没有丝毫媚嫉倾挤的恶习，反而推崇备至。韩愈的才力不下于李杜，有足够的学识与器量使他足以深知李杜的伟大，这些大文豪的作风，都是吾人在安享抒发之乐时，要引为光辉典型的。

抒发之乐既如此，如果一个作家只拿来做讥刺、做挑拨、做煽情、做颠倒之辩、做钩钱之用，真是太可惜了。

富而后工

现代人饮食起居极易解决，国民所得年年升高，囊中富裕，时间也富裕了。

交通便捷，腰缠万贯，跨国来去，眼界识见都富了。

北平的文化国宝，南京的中央典藏，都运集台北，古典书册多，胸罗万卷不难，文学源头太富了。

思想多元化，看法多；生活由苦而乐，历练多；社会结构变迁大，故事多，写作的材料富了。

台湾作家本来多，大陆也可来投稿，十亿人中天才辈出，作者群人力富了。

大报一印就百万份以上，一文既成，旦夕之间，举国捧读，比起白居易只能自己把诗集抄成四份，比起左思写成了《三都赋》，豪贵之家才买得起纸来传抄，就算抄到洛阳纸贵，又哪里是今天报纸文章挨户送到家所可比的？读者既多，享受抒发之乐，乃是一种大富足。

征文悬赏，动辄百万，文章值钱，一字千金，挨饿的杜甫，清贫的曹雪芹，可曾梦见过？奖金真富啊！

在这万缘齐备的富足环境里，就不易有好作品吗？真的要像欧阳修在梅圣俞诗序中所写的，诗文是要"穷而后工"的吗？其实能不能诞生好作品，并不决定在作家的贫富上，而是决定于天才的创作者精力集不集中上。譬如王贞治的棒球、林海峰的弈技、宋徽宗的瘦金书法、吴道子的画境、御医的医术，都没有必须经历穷困风尘才能成就的道理，为什么诗文就必须呢？且看《书经》的《皋陶谟》，《诗经》的尹吉甫颂，曹家文章占了天下才气一石中的八斗，都出自贵族之手，不经穷困风尘，不是一样迈入诗文巅峰的境界吗？可见问题不在贫富上。但是现传的作品为什么多的是杜甫、陶渊明、贾岛、孟郊的穷酸之辞呢？主要是富贵者的心志分散到高爵骏业上去了，分散到公文酬应上去了，多少才人做了大官，最后只留下几册制敕奏议、典章掌故罢了，清朝的李鸿章，明朝的李光元，不就是吗？哪能像穷愁郁塞的诗人，将其雄才伟略、绮情奇气，全神贯注，诗文成了他毕生寄意的所在。所以诗文并不因穷困沦落而工，而是因集中心力坚持长久而工。富裕社会中的人，如果仍懂得舍弃享乐，多经历练，用心观察，集中心志，当然会因条件好而做得更好的，富有什么不好呢？

快从五千年中国贫穷文化中挣脱出来，挣脱"穷而后工"的诗文模式，创立"富而后工"的台湾新经验。

良医不传医方

　　一位大文豪向文艺青年发出劝告："不必聆听作家们谈论有关如何写作的事！"乍听之下，未必同意，再仔细想想，实在是至理名言。

　　就像名医们都不流传他的医方，哪位名医出版过他的医方记录呢？中国的神医扁鹊，只传说有谈医理的书，并不留医方。神医华佗，遇害前传说写过一本"可以活人"的书，被人烧掉，教人顿足惋惜，是否乃秘要的医方，无从确认。医方不流传也罢，不是怕人不信，实在是怕人太信。

　　直到今天，医生仍不喜欢病人带走药方，自去配药，即使药品上明列成分与所适用的病症，仍嘱咐一句："依医师指示使用。"因为医方药品固然可以救人，医方药品也可以杀人。医方不准广为流传，不是嫌医方不善，而是忧用医方的人不善。药方是死的，各种病状深浅是活的，墨守死方不能尽医天下的病，用"死方"治"活病"，遇病的变化迸发不能活用医方，都将有杀人、救人的不同结果，所以治疗有时比生病更为可怕！

名医的医方如果大流传，庸医、密医都奉为玉律去照样施诊，以为只要看"秘要古方"三年，天下就没有病不可治了！不是嫌他们不能，而是嫌他们太能了！殊不知世上有许多病，几乎是古今无一张"成方"可用的，结果庸医去救人常变成了杀人！作家谈写作的门径，不是一样吗？

近年来，鼓励"成功"的书风行一时，于是稍有点成就的人，无论何行何业，都被标榜出来做示范，听他们现身说法，有的卖过水果，有的住过防空洞，有的从孤儿院出走，有的……奋斗的历程五花八门，仿佛"成功"的人，都是满身瘢痕，从困苦中打拼出来，对尚未"成功"过的青少年而言，种种瘢痕，都增添了想象中成功的甜蜜感。然而这些成功，都花了二十年三十年的时间，列举出来作为青少年的借镜，当然有见贤思齐的励志作用，但这些

"示范"，都不是可以被模仿做第二遍，你也去卖水果，住防空洞，从孤儿院出走，并不能因此而"成功"，所有的示范，只能效法其精神，而这精神只是表现恒常人性的原则，而不是存有任何成功的门径。一个人成功的因缘千头万绪，再加上不同的时空因素，绝不是一篇访问记所能概括，过分简单化，恐怕会将人误导。这么说，作家谈写作的门径，又岂不是一样？

写作即使有其规矩门径，重要的仍在性识与灵气，缺乏神明变化的性识灵气，规矩门径都变成了"死法"。这使我想起了"八股文"，八股原本是文章结构中最严整工致的，自从成为庸俗的众手可以依循的"时套"，作文变成了"填写"，再神奇也化为腐臭了！"八股文"可说是写作门径的一个例子。

因此，如何去谈写作的门径，都未必不误人，像海明威说他是"站着写作，坐着修改"，又说"作家要有个快乐的童年"等，都不是必然的，只与他个人生活的习性有关，而与怎样写出好作品实在是风马牛不相及的废话！至于那些等而下之的人，大谈写作的"蹊径"，像"写作方法""学诗大纲"之类，如果不去亲历诸身，任何蹊径，只是"死法"；如果勤着去亲历诸身，这些过于简单化的"蹊径"，便全无用处。我欣赏德山和尚的话："从门入者非家珍！"
修佛并无一定的法门，谈写作一味想学哪位作家的门径，都
是笨汉！

瑜亮情结

谈到"小说与政治"，《三国演义》的影响极深广，其中"天生瑜何必生亮"的"瑜亮情结"，铸成了民族性格的一部分，最值得吾人深思。

中国人原本就缺乏团结合作的习惯，人人想当老大，宁可单打独斗，很少能表现同舟共济的团队精神。自从《三国演义》里把周瑜、诸葛亮二人写成"才和才角又难容"的角力对手，"同美相妒""同智相谋"的人性弱点被渲染得很厉害。诸葛亮事事洞烛机先，料事如神，对周瑜而言，正是"一着棋高难对敌，几番算定总成空"，所以诸葛亮能三气周瑜，周瑜每次被气得大叫一声，坠下马来，金疮迸裂，终于气死，临死前仰天长叹："既生瑜，何生亮！"

这段故事，已活现在中国人心中，铸成了民族的性格，于是"一山不容二虎"的瑜亮情结，使中国人在大敌当前时勇于内斗，而怯于公战。后来的武侠小说，更是本本在夸张武林气量狭窄，容不得别人的武艺高超，谁高超就打击谁，有我就不许有别人，形成"恶其能而不能用，嫉其才而致其死"的劣性。中国人个个是龙，却不幸造成"一人是龙，三人成虫"的不合作局面，小说的影响多可怕！

如果我们读读正史，知道根本没有"瑜亮情结"这回事。周瑜率领大军抵抗曹操时，诸葛亮只是一名败军之将的说客，向孙权求救而已。在周瑜眼里，刘备有枭雄之姿，而关张是熊虎之将，根本不曾把孔明看作英雄，哪里会有"二人不能并立之势"？周瑜眼中最重视的人乃是鲁肃，鲁肃体貌魁奇，奇计百出，临事不苟，威恩服人，却被小说家写成忠戆的傻蛋。抗曹制胜，完全靠周瑜、鲁肃二人的精诚合作，合作的精神没被强调，却偏捏造个"瑜亮情结"，真是小说家的罪过，也是民族的大不幸！

再据正史，周瑜是"性度恢廓"之人，蒋干称赞他"雅量高致"，不是用言辞所能离间或激怒的。连刘备也称赞他"文武筹略，万人之英"，而且"器量广大"。周瑜很得人缘，只有程普与他不睦，常以年长倚老卖老，凌侮周瑜，而周瑜却能"折节容下"，不与计较，后来程普自己觉悟而敬服，赞叹说："和周公谨交朋友，像喝醇酒，不知不觉就会醉了！"周瑜以谦让服人，素养如此好，小说家凭空捏造他嫉才，真是厚诬先贤呀！

《三国演义》里另一个影响深远的编造故事，就是刘关张"桃园三结义"，刘关张曾经同床而寝，恩若兄弟，是事实，但没有"桃园结义"这回事。"桃园结义"被江湖黑道所模仿，一朝结拜兄弟，只知兄弟而不知君臣，只知义气而不知王法，只知恩雠而不知义理，关帝庙成了结拜兄弟的好地方，以致各地关帝庙的数量远超过了孔子庙，单就这一点来说，能不惊讶小说家这支笔所产生的教化力量？

灵思奔涌学莎翁

报社编辑指定"成功人士"写一篇文章:"影响我最深的一本书。"

影响我最深的一本书?这样的题目,很容易引起误解,以为某位成功的人,是受了某一本书的影响。更大的误解,是倒转过来,以为读了某一本书,就可以像某位人士那样的成功。其实,任何一位人士的成功,都有待多方面机缘凑集,成功的原因必然是错综复杂而长时间的。单就治学方面有点成绩而言,那也必然是千千万万种书相互为梯阶、相互为补充,再加上个人的融会与发明,持之以恒,才能在茫茫学海中稍露一点峥嵘的头角。

当然，若就某一短暂时段，某一特定的启发而言，也可能有某一本书，给人影响最深、帮助较大。我于一九五四年暑假，在南师读完高二，安排整个暑假关起门来读朱生豪翻译的《莎士比亚戏剧全集》，从《仲夏夜之梦》读起，一篇篇，直读到《驯悍记》，每篇都做笔记，读完以后，好像写作的窍门大开，挥笔之时，灵思奔涌而至，此后只要肯提笔，从没有感到文思枯涩的苦楚。

以我那时的程度读《莎士比亚戏剧全集》，最多只是摘录一些"妙语"而已，略涉皮毛，不可能深入，更不懂什么文学批评，但单就摘录佳句妙喻，就让我忽然明白，宇宙万物，没有一样不可以被借作譬喻，譬喻得越远，越加神情飞动，一时之间，好像天神地祇，无一不可挥斥于笔下。例如：

•他的话像是一段纠缠一起的链索，并没有毛病，可是全弄乱了！

•你又变作一个不问是非的瞎子了，小孩子偷了你的肉，你却去打一根柱子！

•希望和狮子匹配的驯鹿，必须为爱而死！

•头眩的人以为全世界在旋转！

这本中学时代用稚嫩的笔迹手录的笔记，有时仍置在我的案头，千万个佳句妙喻，常常可以令人举一反三，从中领略写作的技巧。例如滔滔不绝的言辞，可以用链索来比喻，链索的纠缠搅乱，形容一团乱语，把蛮横死硬的神态表现得何等具体。链索本身"并没有毛病"，纠缠却是更大的毛病，真妙！而一个迁怒的人岂不等于是瞎子？小孩偷走了肉，你却去怒打一根柱子？把愚昧可笑的形象表演得何等生动。谁不羡慕狮子？想和狮子匹配，在眼前的世界里，多少自以为可以匹配狮子的驯鹿，哪个不为爱而血淋淋地收场？至于自己头眩的人，总想隐匿真情，不肯承认，老爱说：世界又在旋转啦！

多读如此的巧思隽语，怎能不灵思奔涌？

快乐时光

随着股票的暴涨暴跌，时局的频张频弛，社会人心都被外境摄走。人类便越挤越孤独，工作也越忙越没有目标，我们的"快乐筹码"都随着外境的变幻而剧烈升降，能掌握在自己手上的仿佛愈来愈少了。

我看见许多人日坐在愁城中，无法自寻"乐境"，你想给以劝慰，他会说："要是有你的境遇，我也会快乐的！"好像一切快乐，是境遇所赐予。其实快乐并不起于"境"，而是起于"心"，境不能强求，而心是可以自主的，只要"心"不被"苦境"所转，心就可以创造"乐境"。

真正懂得快乐的人，哪里是做大官、发大财、有大学问的人？真正的快乐时光，可能就在你日常生活的琐事里。清代的金圣叹自述"不亦快哉"的时光有三十三条，例如大暑天在朱红盘子里，切开绿沉西瓜；例如关起门来用热水洗私处的癞疮；例如开窗放走一只蜜蜂；例如听下班的铃声（古时的打鼓退堂时）；例如返乡探亲时左右都是久未听闻的浓重乡音；例如一位绝有心计的家伙传出了死讯等，味觉、触觉、视觉、听觉，得到充分的满足，使"不亦快哉"到达欢乐的巅峰。

后来王晫又写《快说续记》，举出他的快乐时光，像两个下棋的朋友正在争执叫嚣，我去掀翻棋盘，多快乐！像一位久已讹传死讯的朋友，忽然出现在家门口，赶快把臂痛饮一番，多快乐！

你我也可以从日常琐事里，寻出乐境，让自己步出愁城的。随手拈来数则：听一位博古通今的朋友说故事，朋友走了再回想一遍，真快乐！

和一位侠义的朋友，合唱一首抗战歌曲，悲歌慷慨的时刻，什么利害得失都变成鸡毛蒜皮，真快乐！

把房间整理干净，一尘不染地接待自己入座，真快乐！

有人想揭露别人的私隐糗事，我岔开去幽默两句，越是牛头不对马嘴，越发快乐！

偶尔受一点欺骗，把受骗的经过再描绘几遍给四周朋友听，包准没有一个不快乐！

异性朋友很多，而绝不发生桃色传闻，真快乐！

上班地点近，工作没有压力，如果还有薪水加，能不快乐？

父祖留下许多可惊可愕的往事，饭局时为儿孙讲一则，真快乐！

做事留点余地，到后来这余地竟变成自己的下台阶，回想时莞尔一笑，真快乐！

买一大袋麸皮，用土法子自己洗制新鲜面筋，招待亲朋，真快乐！

在风雨交加的时刻，偏在天然旷野的温泉水谷里露天泡着，水水水，真快乐！

一只衔了蚯蚓的鸟，引来了七八只叽叽喳喳在旁献媚乞讨的鸟，当它把蚯蚓喂给了其中一只，大伙便一哄而散，连吃到蚯蚓的那只也飞开不见了，独留那傻鸟无声呆立在枝头。隔层距离以鸟的世界看人生，真快乐！

在成堆成堆的印刷垃圾里，出现一篇想要剪下来保存的好文章，真快乐！

写稿完成，喜欢快邮传送，甚至亲自送稿，不是为了性急，而是早些亲身享受还债完毕、缴税完毕、缴交试卷读书报告完毕、便秘通畅完毕的轻松感，归来鼓掌三下，真快乐！

辑三

读书像什么

　　读书像什么？读书像交朋友。时常碰面的就亲切，不常见面的就疏远，朋友交多了，到处人头熟，吃得开，却不一定有刎颈之交。若只交知己三二人，知音稀少，很寂寞，但或许情谊如山，灵犀相通，所谓"客稀情易密"，客多客少，各有利弊。哪些朋友该疏，哪些朋友该亲，并没有一定的标准，全看自己的气味相投，要加以慎择而明辨。想交尽天下的英雄不可能，只有遇到时，切勿放过。若能广交而又得朋友的死力效命，功业必大，那就是最善于读书了。

　　读书像什么？读书像采药。仰取俯拾，重在"博收"，采参采苓之外，牛溲马勃，也采而备用。广采以后不知道分门别类，杂荟一处，就成了"书簏"；广采储备而不知道及时运用，就成了"书橱"。读书要像老医生判病情，切准病因，推勘到底，前人书里有精彩也有糟粕，服药时便须慎选精醇，对症下药，自然功效非凡，这才善于读书。

读书像什么？读书像驱车登山。有人读书，像不肯上山，只在低处徜徉，眼界不阔，难有博识；有人读书又像到山中乱窜，眼界辽阔，却少定见，见一景爱一景，见彼景又忘此景，见异思迁，爱得不专。善于读书的人是盘旋着上山的，回旋迂曲，心中却有一个定点，于是走了一圈，回到原方位，却已高了一层；再绕一圈又回到原方位，却又高了一层。仿佛所爱日移，以成其大；仿佛原点因循，以积其高。一天天往上升，既无墨守固陋的自限，亦无见异思迁的毛病，涉猎日广而不会泛滥无归，终上山顶而登峰造极。

读书像什么？读书又有点像寻宝山，故事中的宝山在固定的藏所，要依赖寻宝的地图才能前往，而读书的宝山，或在天边，或在眼前，全待你胸中念念不忘，止此一事，这种"情极志专、功深力到"的长期留神，有时一经触动，就如看舞剑器而大悟书法的奥秘，看野鸭子飞过而顿悟禅境的神奇，发现天下学问乃是"触处可通"的，一朝寻获宝山，其中的珠玉是俯拾皆是的！

　　读书像什么？说得俗气一点，读书实在像做皇帝。读圣贤经书，像上朝说官话，正经八百；读史书论忠奸，像临朝批公牍，训斥奸邪！读百家诸子，又像会见天下英豪说客，唇枪舌剑，各怀利器，想动摇君心。读诗词美文，又像下班听歌星演唱，悦耳快心！若读小说戏曲，那更像家中养了大批的优伶艺人，只等皇帝点戏就来献技！至于读游记是皇帝出巡，读画报是皇帝选美，皇帝还得正襟危坐，拘束不堪，而读书则散发宽衣，任性自适，难怪有人说万金之富、南面称王，都比不上一日读书之乐呢！

游山如读书

　　游山与读书，好像有室外活动、室内活动的差别，然而游山是室外的读书，而读书是室内的游山。游山一里就是读书一页，游山千万里便是读书千万卷，古今名胜，风物掌故，了然于心，行了万里路，而不能等于读万卷书的，那准是贩夫走卒，俗人一个！

　　游山的第一个要件是及时勇往，以不负天下佳山水的誓愿，来不负此生，才能猛下决心来行乐，才能不被俗事纠缠系溺而因循蹉跎。这一点和读书是一样的，读书必须及时勇往，没有大丈夫决烈的心志，以不负天下奇书的誓愿来不负此生，书是读不好的。

游山的第二个要件是领略景外的天趣。单记下不少山水地名，拍了许多名花古木的照片，像导游一样熟背地点的程序，游山只成了度假的夸耀是不够的。这一点也极像读书，拿读书来夸耀很无聊，读书要在行句内涉猎，在行句外领会，游山也必须在山水的清晖外，心花顿开，会心得趣。善于得趣的读书人，不一定要读什么珍本善本，烂熟的古诗古文，一样新意盎然，层出不穷；善于得趣的游山者，也不一定要游什么名山大川，日常的茶笋林屋，一样领会出风日清美。同样一座山，能会心得趣多少，和同样一本书，能会心得趣多少，全看读者游者自身素养深浅而定的。

游山的第三个要件是"俗肠"要少，"清趣"才多。只想游到那个村镇吃美味，游到那个角落看裸女，这种"世味"浓厚的人，"灵根"一定浅薄，游山对俗子来说，无异于风尘中奔走，到哪里都是醉生梦死，谈什么清趣？游山最好要远离是非、简省交际，心闲无为，才能得趣。读书也一样，如果只想到考试做官，只想到黄金屋美如玉，只想争雄决胜，俗肠一多，清趣就没了。

善于游山的人，把烟云淋漓，草木枯荣，会看作怡情娱目的文章，所以不是凤具慧根的人不能游山；把悬崖奇石，虎啸猿啼，看作天地的历练，所以没有胆识的人不能游山；

把寒暑阴晴的变化，把陌生奇异的经验，看作感官享受，所以没有爽健的身体与高昂的好奇心不能游山，这种种，哪一件不和读书一样？

至于"近游不广，浅游不奇"，近处玩玩不能广识，浅处游游无法出奇；"老游不前，稚游不解"，太老了游山不敢往前，太稚了游山不能悟解；"哄游不思，孤游不语"，热闹的游山缺少思想，孤独的游山缺少对话；"便游不敬，忙游不慊"，太轻率地游山总嫌不敬，太匆忙地走马看花每嫌不足；"肤游不赏，限游不逍"，肤浅地游山谈不到赏心，限时限地的游山谈不到逍遥……仔细想想，都是读书的经验之谈，比况得惟妙惟肖，难怪张潮要说："文章是案头的山水，山水是地上的文章。"

读书像心痛

甲说读书要像心痛，心痛的时候，一心在痛上，就没有闲工夫说闲话、管闲事。这是比喻读书时持志要专一。

乙说读书要像拾柴火，见一枝收一枝，日子久了，积柴如山，与积学的道理是一样的。这是说读书要靠长期累积，不在乎一时的三更早睡或五更迟起，而在乎是否有恒心，苏东坡说："学如富贾在博收，仰取俯拾无遗筹。"正是他采取不断累积的读书方法。

丙说读书像掘井，掘到愈深处，把深处的土运出来就愈难。大多数人在稍深处就停工，只有极少数的人，天赋的根器极警敏，学习的能量大，又极具耐心，读书读到满心欢悦，一刻也不忍舍弃，而引出了读书的真味，才算掘井及泉了。雪窦禅师说："根器警敏诚难遇，凿透高原始及泉。"把深深的高原都凿透，清泉奔溢，舀汲无穷，读书的真味就像这井泉。

读书与参禅实在很相像，要读通书和参透禅，都要经过长期的持志专一与忍耐，不"掘地及泉"绝不放弃，才有进入"大快乐"境地的可能。张旭看见挑夫挑着重担争路，忽然大悟书法；文同偶见路上两蛇缠斗而得书法的妙理；黄山谷是在长江三峡看见长年荡桨的人，而顿悟用笔的方法。平常人看荷担、蛇斗、荡桨，在学问上是毫无作用的，但看在沉思十年仍苦无门道的人眼里，竟能触景感会，狂喜不已，这不是侥幸，而是积习既久，专志于此，凝神聚意，才忽然找到了顿悟的"入口"，和禅家"一喝得悟"是相同的。读书火候真到了，便能"一触即诣神境"，禅家悟后，明白"根根圆通"的道理，随他横说竖说，都契合佛理，像个大福德人，拿着一块石头也成宝。读书读通以后，也明白"触处可通"的道理，世事洞明，皆成学问，触目所及，全是理趣，所谓"遇事有得"，随手俯拾都是宝，能不欢喜？

然而有的人读书，是浅尝辄止，像笨汉吃橄榄，还没来得及回味，就已经吐掉它了。

　　有的人读书，是只晓得买书，不懂得读书。读书的妙处在于"自得"，有"自得"才能谈"化"，因此买书而不读就应该向书架惭愧，读书而不化，也就成了另一个书架。

　　有的人读书，胸中没有定力，没有主见，不是一味与书里做"苟同"之想，就是一味与书里做"苟异"地唱反调，这和交朋友一样，苟同苟异，不是谄媚，就是矫情。

　　有的人读书，东翻西捡，广泛无涯，几十年也没见个结果出来，这就像宗教一样，"有主则明，无主则昏"，读书没个"主"，永远是瞎忙一场。

读书与涉境

"读万卷书，行万里路。"这两句话是人人口头上熟悉的，然而是谁首先说的呢？由于各辞典成语典中，都不曾收录，无法查出来。于是常常有人问我，我一时也答不上来。

清人龚定盦曾为大学问家魏源在扬州的絜园题了一副楹联称颂他：

读万卷书，行万里路；

综一代典，成一家言。

相信由于这副对联极出名，"读万卷书，行万里路"成为人人口头上共信的真理。不过，明人董其昌在《画旨》中早已用这两句话，来说明绘画要有"气韵"，必须读万卷书，才能脱去胸中的尘浊；又须行万里路，才能内营胸中的丘壑。想求山水画里能传自然的神，除了天赋的慧根，就只有靠读书与旅行，才能超升虚静的心灵，来转化内在的生命。于是又有人以为这是董其昌发明的两句名言。

近来读清人阮镛的《醇雅堂诗略》，有两句诗道："岂必身行半天下，才得眼光大于斗？"他在诗后说，因为司马温公说："读万卷书，行万里路，然后能文章。"他才故意与他相反，不相信必须走过半个天下，才能培养出大于斗的眼光！阮镛因为家境很穷，所以特别相信"秀才不出门，能知天下事"，大力排斥游历天下才能增广眼界、提高眼光的说法。但阮镛的话，又把"读万卷书，行万里路"的原始作者，上推至北宋的司马光了。

当然，汉代的司马迁，已证明远游搜采对作文极有益；唐代的杜甫，亦证明"读书破万卷，下笔如有神"，对作文亦有益，"读万卷书，行万里路"对文艺的精进是不容置疑的，但我觉得"读书、行路"之外，还有"历练涉境"也极重要。

读书是把古人所经历的人生花露，让今人来享用智慧的醴浆；行路是把山川自然的历史壮图，让吾人来开阔心胸眼界，而再加上历练，则能使自己切身涉入人事情境里去。书是死的，山川也是清净的，书读不好，山川游历而无心得，也没有什么怖苦危害。但是事是活的，人心更是难以捉摸，所以做人与处事的历练才更难，处理不善就牵涉利害成败问题，因此历练涉境才是有血有肉的真生活，要成为大手笔或大师，缺乏涉境的"真生活"怎么行？

读书多了，在说理方面能通达古训先哲；学力厚了，在才思方面能源源不绝；行路广了，在见闻方面能增博增大，但还须涉境深，才能切于当前的人情；历练多，才能常发"见道之言"，所谓"飘零君莫恨，好句在天涯"，飘零的生活，往往是"好句"的由来呢，因此我想在"读万卷书，行万里路"之外，再加"涉万种境"一句，凭这三句话，才是写好文章、画好画，成为一个大艺术家的条件。

此生原为读书来

在帘丝纸的古书稿本上，看到一颗朱砂红印："此生原为读书来。"再看看他用毛笔一笔不苟地抄写了整本别人的诗稿，别人的诗，因他的抄写而留存，而这位抄写者又是谁呢？笔迹如此工整而娟秀。

禁不住细细品味这句"此生原为读书来"的潇洒心境，他将读书当作活着的全部意义，打破了一般人认为读书是穷书生的事，富人还需要读吗？读书是幼小者的事，年老还要读吗？读书是贫贱刻苦者的事，地位尊贵还肯读吗？他告诉你：富人不爱读，穷人没空读，都是没志气。书是每个人终身追求的目标。

再则说明了"读书"这个目标，已经不是其他的快乐所能取代。异性美色的快乐感受，强烈在少年的时代；饮食美味的快乐感受，强烈在饥饿的时刻；游赏美景的快乐感受，强烈在温和的春秋；古董美宅的快乐感受，强烈在刚刚添置到手的时分。所有的快乐感受都受特定时空的限制，过了那时刻快乐就黯淡下来。而只有读书，不分少壮或老病，不分饥寒或温饱，不分风雨晴日或冬夏，也不分初购或旧藏，永远阅读不完，一生享用不尽。

我又想，"此生原为读书来"，实在是个算盘精明的人，因为世间万事，都是有得便有失，有利便有害，譬如异性美色有失恋失偶的悲痛，饮食美味有破财伤身的意外，游赏美景有行船走马的危险，古董美宅有遗失焚毁的灾祸，凡有快乐可享，就得去承担忧患。而只有读书，可说是全利而无害，不怕遗失，不会病跌，全无风险，更不至于反喜成悲，读一卷就有一卷之用，读一日就增一日之益，不做无益的事，饱读有用的书，还有比他算盘更精的吗？

我再想，他实在是个最懂享受的人，当你特别钟情某一本书，爱不释手，见好书如见美女，别的书横陈虽多，难以动心，都像在后宫失宠哩！读书不是如同享受异性美色吗？当你细细品尝书中的真味，愈嚼味道愈出来，见好书如见美酒，愈醉的人愈说没有醉，愈加贪恋佳酿滋味之美，终日喃喃不停口的，读书不是如同享受饮食美味吗？当你涉猎一本异书，发现山水是外在的书，书是内在的山水，读万卷书，行万里路，读书人本来是要内外一同涉猎的，每天读书正如每天山行一般，读书不是如同享受山川美景吗？当你珍藏着一本心爱的书，是你花掉所有的余钱买来的，上面已批满了自己的心得，整日优游其中，嘿，"积书令人智，积金令人愚"，你对书的呵护珍惜，不是如同享受古董美宅吗？

"此生原为读书来"，根本忘了此生尚有别的事情，撇开随着金钱、权势、名位、女色、寿命等而来的烦恼，整日气清神正，满室的吉祥，难怪他一笔不苟，抄写得如此秀丽悦目！

拍案叹息

我读《明书》，读到明太祖开国元年十月，天下刚平定，钦天监向皇帝献上一个元人留下来的"水晶刻漏"，制作得极为"机巧"，明太祖居然命令手下把它敲碎，读到这里，我耐不住猛拍一下书桌，叫了出来：

"这是一只世界早期的钟表呀！怎么可以敲碎？如果下令加以研究，今日世界的钟表王国，不是瑞士，而是中国呀！"

当时是公元一三六八年，距今六百余载，明人不懂钟表，才叫作"水晶刻漏"，在荷兰国立博物馆里，陈列最古的钟，每逢一刻钟，奏鸣四声，逢半小时，奏鸣一曲，号称四五百年前所做的国宝，算起来还远不及元人制得更古呢！中国在那么早期就拥有"水晶刻漏"，若能继续研究改进，能不成为钟表王国吗？

不过，再想一想，天下的事并不是这么简单，首先必须明白：明太祖如何会有对钟表加以研究的理念？一个理念的诞生，在今天看来很容易，在当时乃是超前跨越一大步，除非是圣哲，不可能像今天的"后见之明"那么轻易地去评论它的。当时明太祖要敲碎它的理由是："元人如果用制作这些精巧事物的心思去治理下民，哪里会亡国呢？废掉处理万机的睿智，用心于此，真是以'无益'来害'有益'呀！"这理由，在当时看来，岂不是煌煌的圣贤明君之论吗？

研究钟表物理性的"理念"，并不能凭空而起，必须起于当时人的价值判断。在明太祖看来，发展计时器，是"无益"的事，并不认为是"富国强本"的有益事。明太祖在接获陈友谅的一张"镂金床"时，大骂穷奢极靡，以为是亡国的象征，命令毁掉！因此接受这只可能是世上最古的水晶钟表时，也以穷奢极靡的眼光去看它，命令敲碎，这是必然的反应，那时全世界的科技观念还没萌芽，怎么可能去要求明太祖独具超前的眼光？

再想一想，就算明太祖真是天纵英明，想到科技的问题，左右那些忠心的臣子，谁不抱着传统长远的观念，把科技研究视为"奇技淫巧"，皇帝下令毁掉，大家鼓掌称誉，皇帝如下令研究，臣子劝阻的谏章也不知将有多少！单靠一个人思想走在时代前面没有用，像王充、王安石，历史上的先知都十分寂寞，而且谤毁丛集，没有形成社会的共识，什么事也做不成的。

且再想想，中国何须在明太祖时发展科技，如果在清末戊戌政变成功，今日的科技局面早就不一样。日本明治维新成功，今日的"精工表"已使瑞士大感威胁，然而中国的戊戌政变，仍只是少数人思想超前，注定必然失败。中国虽悲惨落后，也还有点希望，奈何中国人总是做最坏的选择，后人再来读历史，谁不拍案叹息呢？

故事性

目前台湾的写作风尚，流行写小故事，故事短小而甜蜜，加一点点浅显的哲理启示，一定大受欢迎。于是"故事性、趣味性"成为流行的要件，不少作家在留心身旁亲友的故事，偷听别人的故事，故事可以移花接木，故事可以加油加酱，故事更可以杜撰编造，文坛掀起了写故事比赛热，在销路上占尽便宜。

文学中偏重故事性，没有什么不对，《庄子》里就创造了许多寓言故事，蝴蝶也可以做梦，风与蛇都能对话，三言两语，意味深长。《史记》里更是注重故事性，像汉高祖的爸爸妈妈叫什么名字，这种考据，史学家该知道的，司马迁都没写，而汉高祖的爸爸看见龙跟自己妻子在河畔交配，当时雷电晦暝，史学家不该知道的私隐，偏写得活灵活现，有声有色，由于故事奇奇怪怪，后人捧读之时，无不废寝忘餐，可见故事不只是小孩爱听，大人也不例外。

但我要说的是：文学可以包含故事，但故事并非即是文学。古代的说书先生，还有大树下、渡桥口，那些乡村里的"桥头三叔公"都极善讲古、说故事，并没有人将他们列为文学家，可见单靠故事或新闻事件，还不能被称作文学，文学不只是生活故事，而要反映深邃的内容。

再则文学必须多样性，内涵才丰富；必须深刻性，才有艺术的高度。大体而言，从戏剧小说之门走入文学殿堂的作者，故事性强；从诗歌散文之门走入文学殿堂则不然，反而有排斥故事性的倾向。因为诗歌是不依故事性来发光，乃是依智慧来放光，没有慧光的诗句，就像没有电池的手电筒，仅具故事的外壳，是不能发光的，所以爱诗的人偏爱灵光一闪的浓缩警句，而厌弃冗长的故事。

试看韩愈说理性的文章，柳宗元的山水小品，都不具故事性，李白的诗也没有故事性，杜甫被称为"诗史"，有高度的写实天才，但诗中故事性也弱。只有白居易的讽喻乐府，才偏重故事，唠唠叨叨，有人嫌他变得浅近而缺少余蕴了。

再看许多大文豪，都曾努力抑低故事性，来彰扬其文学性，像美国海明威的《老人与海》，故事力求简单统一，而艺术哲思反被十倍凸显，获得了诺贝尔文学奖。又像西班牙希梅内斯的《小毛驴与我》，也尽量抽离故事性，使田园纯朴的抒情美达到了饱和点，亦获得了诺贝尔文学奖。另如日本芥川龙之介的《某傻子的一生》，一看书名就知道是自传故事，但在残酷地剖析自我时，舍弃了浮浅故事式的叙述，而转入深沉的晶莹的泪光世界，至今"芥川奖"仍是日本文坛极大的荣誉，是新人成名的跳板，足见推崇之高。

本文无意排斥故事性，没有故事，哪来的小说、戏曲、影剧呢？只是觉得目前一窝蜂搞小故事，缺乏文学的多样性与深邃性，会使写作浅化、窄化、童稚化，市场上一味流行通俗浅白的小故事，读书会得了偏食症，肠胃吃惯了浅浅的甜品，稍有些艰深性、学术性、古典性的，就觉得难以下咽、消化不良啦，胃口一坏就反过来嫌东嫌西，类似只爱吃糖、懒得动脑筋的小孩，社会的文学水平就自然江河日下。今日姑且不夸谈什么诺贝尔奖，至少也应该写些让成年人可读的高水平书，耐得起咀嚼一些的嘛！

我想起佛陀证道以后，限于当地人民的知识水平，只好先说故事来宣扬教义，所以小乘的阿含部，都是小故事，佛陀只以此为起阶，待民智日开，见识日高，到大乘的《金刚经》里，哪来什么故事呢？文学工作者，也应以此自勉。

说《幽梦影》

　　《幽梦影》是一本讲究生活美学的奇书，讲闲情雅趣，说游山读书，赏奇花美人，有几则近年被选入中学语文课本，已成为家喻户晓的小品文名著了。

　　书名为什么叫《幽梦影》，没有人明白。古来杨复吉作序时，勉强解释说："书名曰梦曰影，盖取六如之义。"是说书名采自《金刚经》"如梦幻泡影，如露亦如电"的六如。但这里只有"梦""影"，并无"幽"字，未必是此书命名的原意。孙致弥是该书作者的同学，猜书名的取义是"闻破梦之钟，而就阴以息影"，但也只有"梦""影"二字，依然未包括"幽"字，纯属他自己的臆测罢了。

依我看，书名的出典，是用了明代谢廷赞的《梅溪道中》诗：

芳魂时问影，幽梦欲分身。

（见《霞继亭集》）

作者张潮太爱前辈这两句诗，才浓缩成《幽梦影》三字的吧？一看这两句诗，就知道大意是高蹈远隐，不与俗人交接，只管魂影相顾，有点自言自语的味道。明末清初盛行小品文，大抵都是讲情趣、远功利、抒性灵、离世俗的。

有人说这种一条条机智式的文体，是受《世说新语》的影响，并不对。其实是受陆士衡《演连珠》以来，此种"连珠"文体的延续发展，去掉开端的"臣闻"而已。试看屠隆的《娑罗馆清言》、洪自诚的《菜根谭》、倪允昌的《醒言》、凌仲望的《月唉》……及本书，句子多采骈俪式，就可以证明。

小品文之所以盛行，当然与时代风气恶劣有关，可分三点来说：

一是是非错乱。社会堕落，政治无望，是非不分，金权嚣张，有理想的读书人都隐退下来，追求庄子的逍遥、陶潜的适性，袁中道在当时就深深体会"人苦名不高，名高益苦辛"的困境，四处罗网森森，暗藏着黑名单，乱世中连求退都困难，谁还愿前进？只想南山有块隐居之地，让子孙有个避秦的洞穴。孙奇逢不就说吗？坐在山堂中读读书，就可以消遣世虑；面对着清泉嘉树，就可以和适性情，时时以"知止知足"自勉，哪里还愿"舍此至长安事奉贵人"？他认清楚"既名清流，安得浊福"，认为能够去俗添雅、去浊添清，才是真豪杰！他的《夏峰先生语录》和袁中道的《珂雪斋集》，都成了很好的小品文。

二是立场错乱。乱世的政权流派多变，常常要知名之士旗帜分明地表态，"士到名成出处难"，立场分寸很难拿捏，知识分子要维持内在"道德我"形象的连贯性、一致性十分困难，大势所趋，耿耿然始终维持"洁而愈芳"者不多，一回对抗当道，一回迎合当道，立场错乱的，大抵被潮流卷去，丧失操守，内负神明，以致词屈理塞。所以许多作家都会在乱世搁笔不写，一面是避祸，一面也由于朝秦暮楚的缘故，缺少气壮理直不吐不快的东西，所谓"志既丧，诗亦亡"，写东西反而增加言不由衷的惭沮。只有这批远离政治的小品文作家，冷冷地面对政权交替，仍未斫伤内心一贯的趣味，只管谈无边的山川风月去也！

　　三是价值错乱。真善美是人生三大追求，但乱世中真假莫辨，辨真假就生是非；乱世中善恶不分，分善恶就生是非，只剩"美"还发挥一丝慰藉的作用，所以乱世的读书人，无不陶醉到自我美感的小天地中，所谓"备林泉的清福，享文章的盛名"，欣赏泰山松，欣赏潇湘雨，欣赏游仙枕，欣赏南柯梦，欣赏字谜酒令，欣赏回文巧对。写《幽梦影》的张潮，另有一本《张山来诗集》，里面都是些集鸟名的诗，集花名的诗，什么七律回文、离合体、嵌字诗、七平七仄诗，完全陶醉到文字游戏里去了，美得太狭隘、太脱离现实，这是整个时代价值错乱的结果，尧舜被批评成盗跖，盗跖被乱捧成尧舜，知识分子懒得理会，就在美里寻找驼鸟藏头洞，幸好他后来完成了《幽梦影》，跳出文字游戏的小圈子，创造了美的生活世界。

陆游三痴

在诗人中，痴于诗、痴于情、痴于国事，集三痴于一身，令千秋为之感叹不已的，当数陆游放翁为第一！

痴于诗，陆游是将写诗作为他生活矿藏的全部，一生最后刊定的诗是九千二百二十首，这是经过"痛加删汰"的结果，实际创作的数字要加倍，当然是无日无诗，才能写这么多，他曾说"三日无诗自怪衰"，只要三天没锤炼出诗来，就生趣无着，自怪衰颓了！

痴于情，陆游的《钗头凤》，揭露了他与表妹唐琬的爱情故事，由恩爱的鸳鸯，被棒打成啼血的杜鹃，错错错，莫莫莫，五十年不解散的鸳鸯旧梦，也正和八十年不解散的填胸国耻一样，垒块难销，这份痴，正说明了唯有真孝子、真忠臣，才是真情人、真诗人！

最让人敬佩的，当然是他的痴心于国事，很少有人像他这样，一生一世以反攻复国为心志的，不管客观形势如何改变，当时的议论如何谲变，他永远不改反攻复国的主观心志。

陆游出生于北宋的淮上，不久金兵陷中原，徽宗、钦宗都被掳走，政府撤退到南方，陆游随着父亲回到浙江绍兴长大，从小就听他父亲与公卿大夫聊天，一谈及靖康之耻，没一个不哀恸切齿，人人心中所想，就是杀贼复国。所以他从小就坚定了冰寒火热一样不可改易的爱国血性，此种奉国号正朔的春秋大义，遂成为他终身坚守不变的政治立场。

秦桧主政时，正是陆游谋求考试出身的青年时期，不但因名次压到秦桧孙儿的前面，使秦桧嫉恨，而忠义复国的诗文，也不被秦桧所喜，所以遭到明显的排黜，而几乎陷入危险。幸好不久秦桧死了，那时陆游已三十岁，三十岁以前即使考试被推荐为第一名，仍无分发职位的机会。

三十一岁他做了福州的小官，除了写《钗头凤》外，还写下不少长篇短咏，独自在鼓吹复仇雪耻的悲愤诗，其实早在陆游十七岁时，秦桧与金兵早定了议和的盟誓，划淮水中流为界，割地以外，岁岁春天到泗洲交纳进贡的银两，朝廷之上，都是些嗜利无耻的人，没有一个不以"画疆守盟，息事宁人"为上策，只求互不侵犯，互相承认，所以陆游的诗，被批评为好说大话的书生习气，大家笑他是昧于形势，无视国情，但这些批评一点也不改变陆游的节操，大家把复国的歌声当作反讽的笑话，陆游仍在唱着他的复国歌！

直到他四十六岁，正式入蜀做官，沿途瞻望风物，处处必触发他反攻复国的心意，志盛气锐，毫不受数十年来偷安江左、粉饰太平的影响，诗中写"恢复中原，唾手燕云"者仍占十之五六。因为写的文字不合潮流，干脆自号"放翁"。

五十三岁以后，出蜀回到福建江西一带，乃至返乡隐居，他的眼睛并不被繁荣的经济所蒙住，诗里高唱收复故土者仍占十之三四。诗人的可爱，就在"一腔忠爱心，有触便倾吐"，管他谈政治是否会损害文学，管他量不量时势的强弱呢？

直到七十岁以后，虽然时时劝说自己"不须强预国家忧"，但一感念中原旧事，跃马横戈的姿势就现出来，又写下"乞倾东海洗胡沙"的句子，老骥伏枥，依然是"一闻战鼓意气生，犹能为国平燕赵"，拳拳在抱的复国心意，何尝减少了一分？所以到八十六岁临终时，仍在写："王师北定中原日，家祭无忘告乃翁！"这是旷古的奇悲，也是旷世的奇志，教人深深敬重与感动的，就是"不识时务"的那点痴！

一百二十亿的故事

　　我觉得买书藏书的"书痴"时代已经过去，印刷物形同爆炸，个人的居室能藏几何？美国国会图书馆，每天的进书数量，竟在三万册以上，万国书册流通，个人的财力能买多少？所以像我这个书痴，是属于读书型的，屋里堆满的书早已不够读，要读都得去图书馆。

　　有一次联副编辑要制作一个单元："我正在读的书"，问到我，我回答正在读某某书，编辑电话里又问："是哪家出版的？"我回答："木刻的古书，没有书店名称。"大概书名下的出版社名称将要留白，编辑沉吟了一会儿，我就问："没有书店不便向读者介绍吧？"编辑说："是呀，总有点怪怪的！"

很少有人会想到，我这个书痴已经很久没读铅字排印的书了，打字印刷的更不必说，整天在啃的都是气味浓重的木刻书。如果我是蠹鱼，吃不惯模造纸铜版纸，爱吃棉纸、竖纹竹纸或楮皮纸，觉得古香袭人。木刻书字迹粗大，很少错讹，纸香墨色，与现代印刷术大异其趣，读起来有一种"遗世独立"的孤高快慰感。

近一年来，其实我连木刻的古版书也很少读了，专读毛笔抄写的原稿本，有的还竟是作者的原笔迹，笔迹中似乎流露出作者的性格，相对谈心，倍觉亲切。涂改的地方也宛然在目，猜猜他改动的理由，更觉是千古的知音。稿本前往往盖有朱红的三四颗石章，可以想见盖印时的得意。感谢"中央"图书馆，这种"善本"书，每本都是价值连城，如果低估一些，每种以一百万元计算吧，一天读五六种，每年读的书就值一百二十亿新台币了，单是娱乐费一项，预算就如此庞大，天下的豪门巨富，谁能与我这个书痴相比？他们吃山珍海味，我是赏精金美玉；他们与香车美人同游，我是与圣贤才子相聚。嗨！下次如果再有编辑采访我正在读哪家书局出版的书，我要告诉他："二三百年前写的，至今还不曾出版。"如果古董商听了要问标价，我要告诉他："不折不

扣，一百二十亿。"相信他们听罢一定是一头雾水，像闯进
时光长隧道，像掉进钻石大宝藏，不连呼"怪怪的"才怪。

张飞不是老粗

我在童年时，曾临过一张石碑，是张飞写的，全文记不清楚了，只记得是："汉将军飞大破张郃于此……"

语句简短有力，书法骨力开张，当时受童年读《三国演义》的影响，对于这位血气猛暴的莽撞汉子，极为好奇，他不是一个老粗吗？从他刚毅豪悍的笔法里，想象这位"百万军中取上将首级，如探囊取物"的传奇人物，英气勃勃，须眉豪挺的模样。

最近我留心一下张飞的文才，发现张飞传世的笔迹还不少，他并不是一个老粗，譬如有《彝窠书二十六字》石刻，是在军中写的家信，寄付给儿子的，末尾"父飞书"三字，真是遒劲无比，豪情万丈。

他还有八分书《刁斗铭》及流江县《纪功题名》两块石刻，张士环诗中所谓"人间刁斗见银钩"，就是称赞张飞书法的铁画银钩。此外，明代钱希言曾过西川平都山，亲见上面也有一块立马题名的石碑，写着：

> 王方平采药此山，童子歌玉炉三涧雪，信宿乃行，张飞书。

唉，中国的山川胜景，处处为祖先的血汗足迹所浸透所踏遍，真想去看看那石碑，"玉炉三涧雪"是一首什么歌？已经失传了，可能是古乐府，也可能是相传的仙人歌。深山采药总是连带着仙草灵丹的故事，张飞听罢了仙人曲，又住宿一晚才挥毫留念，这块碑真叫人衍生满怀浪漫的想象。

张飞之外，关羽也善于书法，所写篆书十二字刻石，句意浅显明白："读好书，说好话，行好事，做好人！"书法局度端严，教人认识那股忠义直亮之气，应该是真迹。另外在荆州城府上有"三秦镇雄"四大字的匾额，旁题郡主关某书，字亦雄浑。

关公的十二字铭，颇得朱熹的爱赏，朱熹以为"读好书"时，百圣在眼前，千古在心头，只要躬身去实践，就妙味无穷。而说话时，九句"兰言"好话，抵不及一句"莠言"坏话，坏话一出口，驷马追不回，怎能不留神"多说好话"呢？至于人的一举一动，时时面临着"圣"与"狂"的十字路口，"义"与"利"的抉择关头，所以"行好事"是最安全的选择。至于"做好人"，并不是为了别人的评价，而是为了自己的快乐，因为小人肃杀穷闭像阴冬，君子的蓬勃和乐像阳春。这十二个字虽简单，却道尽了做人的道理。

原来关羽与张飞，这两位将军，都是脱下战袍后，善于读书写字的文武全才。

怀才不必遇

没有比"怀才不遇"更让青年人焦虑不安的了，也没有比"怀才不遇"更让青年人愤世嫉俗的了。想从这方面自我宽慰一下不容易，从屈原开始，谁不是自己看自己，"芳菲菲其弥章"，愈看愈顺眼？谁不是像杜甫一样，估量自己十分"挺出"，应该立刻登上"要津"才对？

有一天我在家里洗好了碗，放进烘碗机去烤，发现我家五口，常用的饭碗只有五只，其他约十只碗，很少用到，每次只是"陪烤"而已。我恍然有悟，谁家里只只碗都要每次齐用的呢？五口之家，总要有十几只碗，家族更大，预备的将更多，被用的机会愈少，万一家里来了一批客人，家中的碗，总要比万一来的客人数量超出一点。那么客人不来，这些常年不用，天天"陪烤"的碗，岂不是都要"怀才不遇"闹情绪了吗？再想想，家里的筷子、拖鞋、雨伞、火柴、洋钉……许许多多均处在"备用"的状态中，真用的很少，啊，让我想起了社会上贤能的人太多，"用贤者如用器"，必然有许多常年备而不用，不可能每次"遍陈其器"的，于是我明白了"怀才不必遇"的道理。

因为"怀才不是必然会遇"，所以我们应有一些心理准备：

第一是不论自己遇或不遇，像碗备用一样，随时要保持自己的冰清玉洁，审慎完好。贤人不出山的太多了，懂得时时"修道守己"才是正确的态度。

第二是要自信，"遇"的未必就贵，"不遇"未必就贱，就像那只被"捧到廊庙上"去用的碗，只有操劳被打破的危险，那只没被用而藏在"山野岩穴里"的碗，绝无"不如它"的道理，只是时势运转未到而已。

第三是想想自己如果太早被用，任气矜己，可能提早被打破。随着年岁的增长，体会出"豪杰能事惟安详"的道理，怀才不遇而仍能安之若素，这才是真豪杰！

第四是君子人所谓的"遇"，是"道"遇，而不必是

"身"遇，君子只忧道的不彰，而不忧身的不遇，就像别的碗被用，与自己的碗被用，只要"道"被用，就道的观点看，在他在我，是无异的。

第五是怀才愈大，期待"遇"的位子愈高，偏偏愈高的位子也愈少，所以"古来材大难为用"诚然可悲，也是理所当然。

第六是遇或不遇，何必全操在别人手上！假借别人的威势而自以为遇或不遇的人，得势的片刻，老鼠也成了虎；失势的时分，老鹰也成了鸠，岂不可笑？为什么不抛开遇不遇的苦恼，投身到艺文天地、自然花鸟上去？那是一个遇或不遇全操在自己手上的世界，把画画好，把文章写好，把学问做好，把天地的灵气吸饱，艺文自然的天地无限辽阔，容得了他，也容得了你，屈原与杜甫不必怨的，即使当代未遇，千秋万世，别人能挡住你的路，一直教你不遇吗？

掉书袋

读诗或文章，爱读"才人"写的诗文，不爱读"学人"写的诗文，两者最大的区别，就是学人的诗文中喜欢"掉书袋"，所谓"贩卖短钉，卖弄学问"，固然令人生厌；而"生吞活剥，不加消化"，引文满纸，更是乏味。

然而"掉书袋"也不是一无好处，我担心"掉书袋"三字会变成作家们"不读书"的借口，所以想说一说它的长处。

反对在文章中"掉书袋"的人，大体上是羡慕苏东坡的"文理自然，如行云流水"。可是"文"字的本义，就是雕饰璨丽，和自然质朴是相对的。苏东坡的诗文，也并非全是行云流水，照样有"事典赡给，如数家珍"的，讲究典故出处，不能不掉书袋。清人只取他清快透脱的一面来宣扬，所谓行云流水，结果反流于猥浅俚滑，无法欣赏苏诗中另有超拔典重的一面。

反对"掉书袋"的人，大抵认为引经据典，读起来不顺溜，且使文章的可读性降低。其实"可读性"并不是检视作品唯一的标准，白居易的诗甜软媚弱，妇孺皆晓，韩愈的诗，艰奥硬札，常有"饾辏之巧"，但是谁能说韩诗不如白诗呢？白话直说地道性灵，是一种美，博赡精巧地用典册，也是一种美，由于文章的需要不同，人的性情气质不同，不能一概而论的。不是有"众之所趋，必无真赏"的话吗？所谓"可读性"不一定全是好消息。

反对"掉书袋"的人，讨厌拾人牙慧，大炒冷饭，主张以眼前景、口头语为主，不必广征博引。可是有许多说法，古人早有，古人已有的不引用，再写一遍说是"自道己意"，不免有剽袭的嫌疑。这种任他雷同，而把前人的智慧抹杀或没入，也不见得是对知识版权的尊重。所以引用出处，掉掉书袋，除了表现学养渊博外，也是一种写作的道德。

"掉书袋"虽有这些好处，但行文时还是要尽可能避免。学术论文中打许多注脚，那种"标准规格"，很像学生作业报告。如果一大段一大段地引用书册，更表示读书作文，还无法进入"取精用宏"的化境。诗文创作更不同于学术研究，如果诗文中多掉书袋，表示依仗现成的多，而从自己胸臆中流出的就少。写作固然要靠多读书，但读书思考，要储之以平日，不能取之于临时，所谓"闲时不用心，忙时不应手"，到了要写作时，临场去翻检书册，寻求援助，东凑西引，求工求富，一定掉了满纸的书袋。写出来的文章，缺少独至的思想，缺少兴到的灵趣，这可能是书册学问的累赘害了他！临到写作时，心要尽量求其空远浩荡，超脱活泼，这样才能清新俊逸，不落入前人的糟粕里去。

八股的联想

一提到八股，大家眼前便浮起"街头抗争八股""抗战八股"，乃至拖着长辫子摇头晃脑的排偶式的科举八股文，印象好不了。

当我们数说文学史的时候，汉赋、唐诗、宋词、元曲，而明代呢？惯于数明代的戏剧与小说，要不然就是明代的小品文。最近我读到清代大学问家焦循的《易余籥录》，则偏说八股文不逊于汉赋唐诗，并认为"一代有一代之所胜"，明代之所胜就是八股，乃是明代二百七十年镂心刻骨而能"立一门户"的大成就。

发出如此不同的声音，而又发自学问渊博的焦循，当然必有他的道理。第一是因为八股文是承继文章"起承转合"的基本定则而来，发展为更细密的组织形式。八股是先以"破题""承题""起讲""领题"为全文引导，然后转入主要部分，即"起股""中股""后股""落下"（或称束股），合为"八股文"。反复推论，说理最为详尽。第二是八股文在考试时的题目常常是不完整的句子，叫人难以措手，而作者深曲盘折的文心，因难见巧，因而显露无遗，对于作者智商的高下，最易比较判别出来。

可是，文学史的正统代表，毕竟不可能承认明代的"八股文"，因为它把形式做了规范，内容又限制在"代圣贤说话"上，内容形式都有了限制，文章自然变成文字游戏，若用作"智商测验"或"学识测验"或许有点效用，就文章而言，只剩下整齐可观、高下可诵，成为一堆"表联判语"式的文字，靠重复敷衍来造成文章的篇势，而只在"换字易位"上耍技巧，只具文学的形貌而全无文学的性灵。

八股给予今日的我们一些联想：

一个并不坏的格式，由于庸众齐来染指，就会变成坏烂熟软的"时套"，在固定的"时套"里，愈用巧心愈见弊败，必然使原有的神奇也化作僵死的腐臭。所以文学艺术绝不能长期指定一个形式来表现，绝不能掉落进某一个"套"里。

其次，所有的"门径"，可能都是艺术界卑下庸俗的歧路，八股原是一种良好的文章结构的示范，结果流弊如此大，因此所谓"文章入门""诗歌入门""绘画入门"乃至"治学入门"，都必成为一种陋习，这些入门往往无关痛痒，可能大为误人，把活的天地说成死的蹊径。任何教条都有流弊。

当然，任何模式的"套"，袭用既久，必然陷入思想的枯竭、感情的麻木！譬如任何题目，都可以用"日月如梭"开场，也都可以用"为国效命"结束，这是文章的堕落，那么主张"诗必盛唐、文必秦汉"的模拟定见，也是一种套，也是一种堕落。推而广之，大凡活泼的想象被胶固，说话的内容形成老套，生活的方式变成惯性的重复，连坐的椅子都变成不变的方位姿势，朋友的范围被圈圈所局限，连伦理亲情间一切交往都习惯用金钱打发……这也都是一种"套"，一种腐臭的八股，八股文离我们已经很远，但要当心生活僵化成八股文！

一字一音

日前看台视《强棒出击》节目，一位先生介绍自己的职业是在"租赁公司"任职，把"赁"读成"任"，节目女主持人就立即纠正他，"赁"要读成"吝"，不是"任"，这位先生一面谢她的指正，一面有点面红，感到难为情。

照《"国语"辞典》的说法，"赁"有两个音，读音是"任"，语音却是"吝"，租价劳金叫"赁金"，书写的雇工叫"赁书"，都读"吝"，在读成"任"的下面没有注用途。那么这位女主持人认真的精神很了不起，那位看来像念白字的先生，也没有错，读"任"仍是有依据的。

这样一个小纠葛，却让人发现了中国文字语言上的大问题，全世界都在往科学化走，把"赁"读成"吝""任"两个声音，一个有用途一个无用途，这样的文字语言合不合科学化的法则？如果是反科学反现代化的，那么继续让中国文字语言中存在太多不合科学化的纠缠疑难，自添没必要的困惑，必然使中国的文字语言，在世界进步的潮流中，变成劣等语文，提早被淘汰！

现在的中文电脑，大都是依据中文字形来设计输入键盘的，教育部门有鉴于此，在多年前就提倡"一字一形"的标准字体，一个"黄"字可以写成"草"头，也可以写成"廿"头，那么输入电脑后，同一个"黄"字的资料势必分成两类，于是决定以公布的标准字体为准，解决字形分歧的现象，可说功德无量。

然而中文电脑也可以依据拼音字母来设计输入键盘，再从同音字中挑选出来，也很便捷。那么一字如果存在两个音三个音，又没有特殊的用意，如何输入电脑？当前很重要的事就是删省不必要的破音字，在字音上简单化统一化标准化，能往"一字一音"的理想改进，节省多少学习者的精力！

多年前笔者辅导中小学的语文教育，发现许多学校专在"破音字"上断断计较，耗掉中小学生多少力气在无谓的争执上面，对表情达意的写作与说话，反倒不去用心。那时真有"要救天下苍生，先从简化字音上着手"的感慨。像这个"赁"字，《说文解字》明明说"从贝任声"，"赁"本来就读"任"，中国人常把"有边读边，没边读上下"来讥笑念白字先生，其实这正是中国文字优点之一，中国人对不认识的字，从边旁上就可以猜对一半字义，猜对一半的读音，规定"赁"读成"任"多好？何必卖个乖要读"吝"？一字一义而两音，岂非浪费，岂非自我困扰？

日本有一个语音委员会，每隔数年集会讨论一次，凡全国大多数人都读的音，就公布为标准音。不必刻舟求剑，死守什么读音语音，若由官方公布"赁"读成"任"，删掉读"吝"的无谓纷杂，字典接着都修正过来，简单明了，不再陷人于白字先生的羞惭，岂非人间一大快事？

珍惜谚语

　　一个午间的电视节目，末了常爱讲三句闽南谚语，除主持人杜撰的以外，那些古来相传的，都教人听得津津有味。谚语是文学宝藏之一，它将千百件事例统该在精简的一句话里，值得深思，值得珍惜。

　　许多谚语，是经验的浓缩，像"当家才知柴米贵"，许多没挑重担的人，说闲话容易，自己来当家挑担，才知道柴米油盐的张罗，也不轻松。又如"泄底就怕老乡亲"，人一贵显以后，许多原该遗忘的事，都被人重新传述、繁衍，再贵的人，在老乡亲的话匣子里笑话一箩筐，所以"不厚道"的老乡亲，真是最可怕的了！

很多谚语，更是智慧的结晶，像"好话担不得重三遍"，好话不说第二遍，才聪明。重复唠叨，好话也变成刺耳的噪声了。又如"在家不打人，出门没人打"，养成不打人的习惯，就是智慧。在家里连小孩都不打，出门以后哪里有人会打你？仗着地势欺人的，一出远门，自然也要挨打了。

有的谚语把人性赤裸地指了出来，譬如"儿行千里母担忧，母行千里儿不愁"，母亲对儿子的盛情美意，儿子很难出现同等同量的回馈，儿行时母在忧，母行时儿不愁。只有一个的儿子还好些，有了两个三个儿子，那儿子的情就更薄了，所谓"一子之母余衣，三子之母忍饥"，一个儿子奉养母亲，衣服还穿不完；三个儿子大家耽闲推托，母亲反而要忍饥耐寒啰！

有的谚语则充分表现出民族性，"民族性"里有好有坏，谚语里常含有根深蒂固的老毛病，譬如"中间无人事不成"，传统社会讲究人情，要办事不问规章法令，先问谁在经办？辗转找出关系，事就办成了！许多阻碍进步的毛病与民族的劣性，都可从谚语里去探索诊断的。

至于谚语的起源，有的起于古老的民间传说，像"早晨红丢丢，晌午雨浏浏；晚来红丢丢，早晨大日头"，起于农民的预测气象；"褒弹是买主，喝彩是闲人"，称赞货品的不会买，挑剔货品的才想买，起于商民对买主归纳出来的印象。

有的起于文人的游戏，像"热灶一把，冷灶一把"，提醒人烧烧冷灶别太势利现实了。像"火烧纸马铺，落得做人情"，本来就是要烧给鬼的，失火时落得免费做个人情，这些都是文人行酒令时的杰作，流行开来成为谚语了。

也有一些浅俗的诗，很有哲理，像"但有路可上，更高人也行"，是唐代龚霖的诗，十分口语化，自然流行人口！能流行成谚语的句子，往往具备一种"天籁"的妙处，有意用"人工"来创造这种句子，比什么作品更难呢！

抢救谚语

大陆近年动员了五万多民间文学普查人员，将浙江的谚语两万余条编成了一巨册，我由于乡情的关系，一面读着这些儿时听闻过的谚语，一面想着中年生活的经历验证，读来觉得意味深长。例如：

箭头勿硬，箭杆硬勿起来——蜡制的箭头，就是配上纯钢的箭杆也徒然。带头的软了，跟班的还硬什么？理想指标软化了，后续的行动都跟着塌掉。

打别人一记，防别人一世——别人打我，我羞惭三天也就算了，若我打了别人，未必真得了便宜，非但半夜还睡不着，忧愁了三天，更可能要防人一世呢！

人情是只虎，来时无处躲——在虚假的人际网络上，有时人情债逼得你推也推不开，躲也躲不掉，比喻是只老虎，何等彪悍生动呀！

庙大僧欺客，庙小客欺僧——和尚庙也超不出势利眼，庙大了像官大了一样，威风凛凛。庙小住不进大菩萨，和尚也要被香客欺侮了！只看庙大小，谁管道深浅？

这些谚语都是各家谚语书中很少收录的，读来令人精神一振，所以谚语不只是村里桥头的智慧，也该尊称它为乡野知识的圣殿。

然而这本书里，依然遗漏太多，在我记忆中的浙江谚语，像什么"四金刚腾云，悬天八只脚""吃来吃去鱼肉好，好来好去爹娘好"，都未收集到。像前番在中副讨论过的"老虎吞蝴蝶"也没有，而"田鸡服惰民"虽收入，但惰民误为"堕贫"，所以"堕贫打秋风""堕贫放焰口"就一路错了下来。前番中副读者周德培先生已说明惰民是住在绍兴的贱民，科举就业都受限制者。大体是因祖先有罪被限制居住并褫夺公权，流放乡野却善于钓蛙，清人称为"惰民"是对的，而不是"堕贫"。

至于较为文绉绉一些的谚语，像什么"闹得海红花""上八洞神仙""懒人试重担，三推不上肩"之类，是不会讲、说不全吧？更搜录不到。

而辑得的谚语，有的大意尚在，精髓已失，如：

鱼吃四季：春头、夏尾、秋背、冬肚皮。

我清晰地记得杭州人的名谚是："春头夏尾秋中段，一到冬来处处肥！"吟诵起来，教人手舞足蹈，哪像如此分崩离析成四片，索然寡味呢？又如：

出门带根绳，遇事勿求人。

我儿时朗朗上口的是"出门带根绳，胜如带个人"，绳可供拖拉捆扎，比带个人还要顺手管用，两句浑然一气，精彩而传神，改为"遇事勿求人"，遇事与带绳变成各不相干的两件事，在精练的机智性上损失很大，谚语所以不沦为低劣的艺术，就靠有这一点措辞紧凑上的妙处在呀！

有的像"每日做早操，天天精神好"，"若要感冒少，常洗冷水澡"之类，卫生标语或顺口溜，经过长时间的淘汰洗练，也可能变成谚语，但谚语乃是有约定俗成的过程的，而不是一天之内速成的。把这些大量收入，就嫌滥。

至于"无钱买补食，困困当将息"，"补药"可能比补食好一点，"早困"可能比困困好一点，可以根据邵位西的诗加以校正；"六月十三彭祖忌，海上行船莫忘记"，"忌"改作飓更明白，可以根据《香祖笔记》或《台海使

槎录》加以校正，凡沿袭旧误的地方，加以改正，神味才能
出来。

读谚语，居然也能感受到文化粗糙鄙俗，连建筑在浅俗
文化上的谚语也大量零丁失传，我佩服他们的编辑计划，但
也要为书中泥沙夹混而叹息，何日能共同参与抢救呢？

谚语与幽默

谚语有时是一颗开心果，往往从日常生活中，挑出那动人的一景，虽然庸俗，却很美妙，这种富有机敏幽默的智慧，教人从心底绽出微笑。

别人吃了颂四方，自己吃了填粪缸——读到这条，想起旧社会中这类人很多，得到了精美的食品，切成一小份一小份，分给左邻右舍，自己可能根本没吃，当四邻颂扬味美时，就笑得合不拢嘴，比自己吃了还要开心。这种人是"为别人而活"的，认为别人享用后，快乐才长久，自己去享用，快乐很短暂，孰得孰失？与世俗自私的想法正相反。填自己肚子等于填粪缸，这种想法很幽默。

好汉怕妻，烂脚怕鸡——两句话比拟得不伦不类，已很好笑，下面一句原本是做陪衬用的，但一想卫生医疗条件太差了，烂脚居然惹来苍蝇生蛆，最怕鸡啄，鸡啄烂脚居然与妻管好汉相似，反而变成了趣味的中心。

有眼无珠，鬼迷当作佛度——当旁门左道一旦被拆穿是捞钱的把戏时，才想起许多被鬼迷的人，还自以为受到了佛来超度呢！跪地膜拜，念念有词，有几分虔诚就有几分好笑！

挂佛珠的老虎也吃人——这年头挂着佛珠的老虎满街跑，争山头，比势力，假布施，真发财，哪会不吃人？吃了人，人还要感激它，景象自然很滑稽。

家有陈柴必富，家有陈粪必穷——同样是家里累积了陈年老货，却穷富相反。累积陈柴，表示充裕有余，物资用不完，所以必富；累积陈粪，表示有肥料懒得去施，所以必穷。陈年老粪不去浇瓜种菜，藏着做什么？想想好笑！

粗人勿吃橄榄——就怕粗人既不懂回味，又不细心，那橄榄核两头尖尖，但很滑，连核滑下喉管，想笑也笑不出来了。

馒头大勿过蒸笼格，死人硬勿过棺材板——用上一句烘托下一句，以大馒头的不可能，证明下一句的不可能，但幽默趣味都从下一句涌生出来。只有棺材板压平死骨头的，哪有死骨头翘曲棺材板的？不试也知道，试了更好笑。

水果越搬越少，是非越搬越多——是非不经过添油加酱，就不动听，所以越搬越多。水果是人人爱吃，抢着挑鲜捡大，所以越搬越少，用最浅显的例子相互衬映，效果成了反比，更有趣。

臭猪头自有烂鼻头菩萨来受用——破锅配烂盖，歪锅配扁灶，断头钥匙配敲瘪的锁，臭猪头自有烂鼻子菩萨去受供养，天地间一套配一套，各成绝配，自然令人叫绝。

宽休休，二石九；急抖抖，三石缺一斗——宽心大意的，好像漫不经心，结果收获是二石九。急性跳脚的，耗尽心力，结果是三石缺一斗。说话变化绕了个弯子，加减以后仍是一模一样，急煞什么？惹人笑！

猪母娘饱死不怨糠——大母猪即使饱胀撑死仍不会怨糠的，看来很傻，但是多少富翁，财多身弱，压死在股票产业底下，多少大官，势大谤多，气死在权高势热底下，又有哪个怨财大怨势大呢？岂不跟大母猪撑死一样惹人笑？

吃奶不亲摸奶亲——是说有了妻子就忘了娘吧？用不雅的动作，反而具体地深化了伦常间的亲疏关系。

吃素能成佛，牛马上西天——吃素是一种生活习惯，是一种慈悲的心怀，但并不能以此贪求功德回向，想靠吃素就能成佛，那么牛马日日吃素，一生吃长斋，岂不应该只只上升西天？这句谚语原本是太平天国造反时所唱的歌词。

学讲话只要六年，学莫讲话要六十年——学说话比较难，只要六年就学会。学不说话比较容易，却要六十年才可能学得会，难易倒错，耗时相差十倍，有点出人意料，不过仔细想想，话到嘴边，不吐不快，能够茹含不说，这功夫原来是最难最难，人生的智慧在这里，谚语的趣味也在这里。

最好的玩具

农历过年，这传统的喜庆日子里，有许多兴高采烈的节目，譬如围炉品酒呀，品酒的时候，就喜欢以"酒令"来助兴。酒令是寓文艺于娱乐的雅兴，充分表现高尚的"饮酒文化"。在电视机、计算机还没有发明之前，中国人的方块文字，就是最好的玩具，任你拼拆组合，永远也玩不完，而且笑声时起，拍案叫绝，它不仅训练头脑，并提升民间文化素养的高度，可惜现代人的传统文化背景太贫乏，已玩不起如此奢侈豪华的文化游乐节目了。

最简单的文字玩法，就是行"酒令"，要玩一个字上半部与下半部完全一样的，大家去想，想不出就罚酒，有人想是"中"字、"申"字、"車"字……都算对。

再行酒令，玩一个字翻倒过来，成为另一个字，大家比赛，有人想出"由甲""干士""上下""杏呆""杏呆"……都算通过不罚酒。

再行酒令，玩一个复杂字里拆掉一个简单字，成为另一个字，开始！"穷"字拆掉"身"字成"穹"字、"麻"字拆掉"木"字成"床"字、"闾"字拆掉"日"字成"间"字、"痴"字拆掉"口"字成"疾"字、"羁"字拆掉"革"字成"骂"字、"霭"字拆掉"曷"字成"雪"字……通过，不罚酒。

再玩复杂一点的酒令，要一个字调换半边，换成另一个字，但这两个半边的交换又必须用一句成语做桥梁，那就得多耗些心力了：

栋字"东挪西凑"成为栖字

笼字"捉龙拿虎"成为箎字

相字"眉来目去"成为楣字

奏字"偷天换日"成为春字

波字"脱皮换骨"成为滑字

間字"日往月来"成为閒字

佯字"以羊易牛"成为件字

涞字"移来换去"成为法字

……

再玩高级一点的酒令，要以一句诗，诗的首尾两个字刚好并成另一个字的，现代人玩，去翻书也是被允许的。

月移花影上栏干　月干合成肝字

山色空蒙雨亦奇　山奇合成崎字

利欲驱人万火牛　利牛合成犁字

这种酒令，乍看很难，其实只要首尾是山字、金字、日字、水字、人字、心字，很容易就通过酒令的，你看：

同是宦游人　同人合成侗字

青山空向人　青人合成倩字

空山不见人　空人合成佺字

秋入望乡心　秋心合成愁字

……

再玩更高级一点的酒令，要说出一句诗来，这句诗倒过来回文，也可以讲得通的：

路上行人欲断魂　　倒读是"魂断欲人行上路"

和风熏得游人醉　　倒读是"醉人游得熏风和"

颠狂柳絮随风舞　　倒读是"舞风随絮柳狂颠"

半亩方塘一鉴开　　倒读是"开鉴一塘方亩半"

桃红又见一年春　　倒读是"春年一见又红桃"

……

再玩高级一点的酒令，要一句诗配上两句谚语，而那连贯的意思愈是牛头不对马嘴，愈叫人大笑绝倒：

点点杨花入砚池，近朱者赤，近墨者黑

路上行人欲断魂，前不巴村，后不巴店

邓攸无子寻知命，有子有子命，无子天注定

春心莫共花争发，正月疯查埔，二月疯查某

停杯投箸不能食，大鼎未是滚，小鼎强强滚

……

真性情

　　酒令可以把文化完全融入生活，因饮酒文化素养的提高而带动了生活质量的高度，回看现代人只会说说荤笑话与脑筋急转弯，品味的相差真有天壤之别呀！

"歇后"的趣味

有次听痖弦先生说笑话，他说道：

麻子跳伞——天花乱坠

麻子搽粉——白费

麻子照镜子——自我观点

麻子演戏——群众观点

……

大家禁不住捧腹大笑，这趣味来自上句只道出了一半，下句再道出一半，间歇成谜面与谜底的关系，上半谜面拙直平静，下半谜底奇妙翻腾，两相对照连贯，激发出很大的爆笑效果，这种方法古人叫作"歇后语"，在中国谚语中独树一帜。幸好现代已经没有麻子了，供作笑谈，也不至于妨害别人。

歇后语的好处就在浅俗，若太文绉绉就流行不起来，就像谜面谜底若要绕过四书五经才揭晓，也就无法盛传开去。试看中国的"歇后"谚语，粗鲁得很，也有趣得很：

黄瓜打锣——就是这一下。

黄瓜一打就断，硬不起来，喤一声就断了，哪能第二响？一打就断去半截，自身软弱不行，又能吵多久？

茶壶打掉把儿——只剩一张嘴。

茶壶一面是把，一面是嘴，打掉一面，只剩一张嘴嚷嚷。

橄榄核垫台脚——横竖都不好。

橄榄核中间粗两头尖，没有一处平，用来垫脚，横摆竖摆都垫不平，一无可用处。

茅厕里打锣鼓——臭（凑）热闹。

另有谚语云"十处打锣，九处都有你"，你可真是凑热闹专家，用茅厕的臭双关凑，更绝。

歪嘴吹喇叭——一股斜（邪）气。

生理上一股斜出的气，已够滑稽，再双关为是非上的邪恶之气，更加可笑。

铁叉子剔牙——硬找碴。

即使没牙缝也要剔烂，凭一股硬劲要找碴缝。

雪狮子向火——软瘫了半边。

大抵是用此形容有些男士见了女人，骨头都酥了，雪狮子一烤火，还成什么样？

光屁股打老虎——既不要命，又不要脸。

打老虎不要命，光屁股不要脸，遇着这种厚颜无耻的家伙，最可怕。

黄牛钻狗洞——量量自己。

膨胀自己太大，固然不对，弄不清自己大小，也不对。

马尾吊豆腐——提不起。

吊线细，吊物软，提不起它，不是因为太重，是因为太松散。

蚂蚁打哈欠——好大的口气。

实际在说不知羞的好小的东西，却用惊叹"好大"的方式。

买干鱼放生——不知死活。

说笑话者道：放生干鱼，仍可以免除它上刀山，下油锅。

雕塑匠不给神像叩头——知道老底。

久住庙里的人都不敬神，敬神都是远来烧香客，何况是亲手塑造这神像的人呢？清楚老底就没有值得叩头礼拜的英雄神话了。

老和尚摇铃——不当不当。

打鼓是不通不通，摇铃则是不当不当。

叫花子请客——说说算了。

只动嘴巴，不摸钞票，叫花子也能常请客了。

丫头抱着元宝睡——醒来还是别人的。

丫头只不过代人看管财物，很可怜，可是大梦醒的时候，撒手而归，谁不是只在代人看管元宝而已呢？

张飞卖豆腐——人强货弱。

人挑最强横的，货挑最软弱的，有趣在对比衬映。

张飞穿针——大眼瞪小眼。

相传张飞眼大气粗，穿针孔没有耐心不行，大眼干瞪小眼，硬是通不过。

张果老倒骑驴——不见畜生面。

有人不愿与所鄙的人见面，就自比张果老。

糟鼻子不吃酒——枉担其名。

天生红鼻子，不吃酒也红，枉担贪吃酒的臭名。

寡妇对着夜壶哭——我不如它。

夜壶是陶制的男用便溺器，寡妇哭诉命不如它，虽粗俗，却好笑。

老曹的妈妈怎么死的——操人家的心。

利用曹操的名字，明说曹姓，暗藏操字，双关出"操心"算是文雅的，更有"将军魏武之子孙——操你的祖宗"，上句用杜甫诗，魏武就是曹操，你是魏武的子孙，操就是你的祖宗，连读起来就难听可笑了。

"回文"的趣味

中国文字有一种特色，就是利用文字位序的掉转颠倒，产生许多不同的面目。

巷口出现一张布告："谁家养的狗？你是养狗的，不是狗养的……"下面再读下去就不堪入目啦，大概有人穿新鞋子，偏踩在狗屎上，恨这些只知道遛狗却不收拾狗屎的主人，才贴这张布告出出气，布告在怒气冲冲下写成，仍挺会玩文字位序调换的把戏。

一位四川人说："吃辣有三个境界层级。初级：不怕辣；中级：辣不怕；上级：怕不辣。"文字转一转，含意居然一层高一层，亦妙。

　　谚语中像"不怕一万，只怕万一"之类的回文体很多，常常产生深刻的妙意。例如：

　　有福之人千人骂，无福之人骂千人。

　　能让千人嫉妒责骂者，其实是有福的人。没有福气的人才看这个也眼红，看那个也眼红，东骂西骂骂了千人。

　　常立志不如立常志。

　　或者说"有志之人立志常，无志之人常立志"，三天五天立志一次的人最没恒心，一立志，就终身，这才厉害。

　　宁可认错，勿可错认。

　　懂得认错是清醒的人，一味错认是糊涂的人。

　　宁可没了有，不可有了没。

　　由贫致富，快乐；由富而贫，悲伤。

六十岁前人找病，六十岁后病找人。

青壮之年，透支体力，是自己去找病；迟暮之年，任你爱惜，病仍找上门来。

药医不死病，死病无药医。

药所能医的只是些原本不死的病，必死的病是没有药物可医的。这是说医药有所不能，养生不能依赖药物。

人吃土一辈，土吃人一回。

人吃土，庄稼蔬果，吃了一辈子。土吃人，坟墓黄泉，只须单一回。

宁可人负我，不可我负人。

或者说"宁让人欺，勿可欺人"。

好事勿背人，背人无好事。

心地坦荡荡，事无不可告人者。不可告人者哪里还有什么好事呢？

忙家不会，会家不忙。

不会的人，手忙脚乱，目瞪口呆，瞎七搭八；会的人，执简驭繁，得手应心，不忙不乱。内行外行的差别就在这里。

只有船撞岸，没有岸撞船。

船小岸大，船动岸静，船操之在我，一切责任都在船，没理由可以怨岸的。

做小生意休买吃我的，做大生意休买我吃的。

做小生意，如贩牛贩马的，生意还没做成，怕被牛马吃垮。做大生意，如贩燕窝海参，生意还没做成，怕被自己吃光。

假事真不来，真事假不来。

或者说"白的黑不了，黑的白不了"。

今朝北风吹上南，自有南风吹上北。

风水轮流转，今朝北风得势吹向南，自有一朝南风吹回来，循环剥复，人生之理每每如此。

夫妻恩爱，千里同床；夫妻不和，同床千里。

恩爱的夫妻，即使相隔千里，像同在一张床上同心同德；不和的夫妻，即使同床而眠，像分隔千里那样遥远隔膜。"千里同床"与"同床千里"位序一颠倒，含意全相反了，不能不惊叹中国文字的神妙。

文字有表情

有位学生写了一首"問"字诗：

怎么样也不能

说它不是个

象形字

半睁的双眼

透露着不解

口微张

疑惑貌

读这首诗很好奇，原本是个形声字，被他看成一张脸，能张口结舌，有形象动感，具各种表情。大概是天天书写这种方块字，对它熟悉，有特殊的敏感，感觉每个字都像表情不同的脸。

古书中有许多趣谈，是将别人的脸，看作某一个字，而这个字遂成为他的注册商标的表情。

宋代时有一个人，脸形很特别，面孔方而横向宽阔，别人都以"西"字脸形容他，有一次皇帝召见他，见了他的脸，想着那个横阔的"西"字，禁不住大笑，那人退朝后还搞不清怎么回事，对别人说：今天皇上有得意事，好开心！

清代时有个人，眉毛高耸，眼鼻扭折而下巴大，别人都称他为"舊字面孔"，和他熟识的朋友，每回在书里读到"舊"字，就立即在纸面上浮出他扭鼻聚目又凸出大下巴的表情，许多朋友常因此笑得岔了气。

其实清代挑选举人时，就特别注意脸型身材，举人进士以后就会进入仕途，而做官的人，没个堂堂的相貌，不容易为民表率，说话也不容易为百姓看重。所以在挑举人、选进士时，名次越前的，相貌要越端庄，许多人是由于眇一只眼，歪一边肩膀而遭压抑。选相貌时，大体以"同田貫日"

的字形，为中选合格。

同——脸方形而稍长，天庭饱满，地阁丰隆，眉眼平正而嘴大，是一品官堂堂相貌的最佳选择。

田——脸方形而稍短，一样有天庭地阁，稳重沉静，平正端庄。

贯——头比别人大一号，个子不小，身材也直长相配称，声音洪亮，步武风生。

日——脸长方，不肥也不瘦，精神凝聚而干劲足，身材长短适中。

用四个字形容面貌神情，望着同字贯字，想见做大官者的身段腔调，出自某一个模子。至于长相如"身甲氣由"就不是做官的好料子，不能中选上等：

身——身体四肢，总带点歪斜不正，上身太长，下身嫌短。

甲——头比别人大一号，身体却比别人小一号。

氣——单面的肩膀高耸，一脸淤塞不开朗的样子。

由——头比别人小一号，身体倒比别人大一号。

这种"相貌歧视"是专制时代的产物，其貌不扬竟被剥夺考试权参政权，令长相堂堂者占尽便宜，实在是不足取的。但从这些字形里去想象各具表情，倒是有趣的话题，想着"甲字脸""由字脸",能不暗笑?

其实我们用惯了方块字,一定发现每个字各有情态,写"虎"字不够威猛,才写成草书"一笔虎",中间改成一竖到底,似脊似蹄,像铁柱般硬,旁边三个半圈墨色枯老如劲爪刚毛,想画出虎的凛凛威风。推而广之,不必是象形字才具情状,有人看"選"字也像在笑,有人看"選"字却像在哭,"金"字笑得很庸俗,"琴"字笑得很风雅,"蚤"字是东痒西也痒,"吹"字的大嘴巴力气不小,"亂"字真乱,"竄"字奔窜,谁都可以在每个方块字形中读出表情来,就像"問"字是半张着嘴面带疑惑一样有趣。

文字的弹性

中国文字弹性很大，有时不怎么明确精准，用来订法律、立契约，常常有漏洞可钻。但是这种含混笼统的弹性，用来写诗歌、成文章，则不明确的模棱处，理解头绪不一，反而特别妙绝。所以我觉得中国文字是感性的文字，不是理性的文字。

譬如康有为在上海，打电报给北京的龙泽厚，电文极其简单明了，仅"即来"二字，嘱龙即刻来沪。哪知龙接读电文，以为康即将来到北京，于是康在上海等，龙在北京等，都不见对方来到。原来这"来"字康的意思是"前来"，龙却认为是"前往"，往与来，来与去，相反的语义，居然是通用的！

用最浅白的句子，人人都懂的话，写"他说你要来"五字，总该明确无误了吧？哪知道只要将每个字的重音强调一下，会变出许多歧义来：

如把"他"字念得又响又长，"他——"说你要来，意思是：是他说的你要来，我并没有这样说。

把"说"字念得又响又长，他"说——"你要来，意思是：他是如此说，你究竟来不来不知道。

把"你"字念得又响又长，他说"你——"要来，意思是：要来的是你，未必是我或他。

把"要"字念得又响又长，他说你"要——"来，意思是：是你死皮赖脸一定要来。

把"来"字念得又响又长，他说你要"来——"，意思是：命令式的，你必须来，否则揍你！

这五个字真有弹性，像橡皮糖一样，哪一点拉长捏粗，含意全走了样，随着情况语气的不同，这五个字还不止上述五种意思呢！难怪一部《论语》可以这样解，那样解，尽管白纸黑字写得明明白白，到时候这个学派那个学派，各说各话，含意游移不定，人人言之成理。

但此种文字含混模棱的特性，歧义既繁，包容量自大，表现在诗文上，常有意想不到的奇异妙处。

譬如李商隐的诗："一春梦雨常飘瓦。"连雅堂在《雅言》里认为"梦雨"就是闽南语"雨毛"，即"毛毛雨"的意思，当然，古书中"灵雨其蒙"，或是"益之以霢霂"，这溟蒙、霢霂都是毛毛雨的异写而已，但是将李商隐的诗直接翻译成"一春的毛毛雨常在瓦上飘"，说得太死，太明白无味了，远不如原文用梦字雨字，黏合两个名词字，产生出繁复的意象，要有趣多了。

清人苏孙瞻善于画画，题山水画道："但见云来往，不知峰是非。"这两句诗很堪玩味，云来往，容易懂，峰是非指什么呢？旋见云起云灭，不知是峰非峰？这是非乃指"是峰耶？非峰耶？"的或隐或现吗？还是双关着：人情往来多，是非就多，谁能往来但管往来，却独立于苍茫之外不生是非？风景之中贯通了逍遥的世故？这峻峭的山峰像一个不染世情的高人？也或许还有其他的想法？正因为意义不确定，随读者领略的深浅为深浅，句子就妙了起来。

女诗人纽素高写的《送春诗》："樱桃梅子撩愁眼，尝尽甜酸过此生。"尝尽的甜酸，何啻是樱桃的甜，梅子的酸，只举两端而人生的甜酸苦辣成败利钝全在里面，要怎样翻译这诗句呢？尝樱嚼梅中，有着诉不完的悲欢离合呢！

猜谜之乐

  在传统民间艺术的传承中，灯谜至今热闹滚滚，每当过完农历年后的闲暇气氛中，正是谜家们忙碌用心的时刻，为了应付元宵节，绞尽脑汁，制作几百则新鲜的谜语，此种纯心智的游戏，根本没有功利可言，他们却乐此不疲。就不知道中国文字的本身，为什么有如此丰富的趣味矿藏，永远也开发不尽？

  若干年前我认识一位谜友，他几乎没有什么固定的职业，每天陶醉在谜海中。他制作了许多则谜语，简直可以用"精妙绝伦"来形容。有一次他以谜面名人"林森"，要我猜一本世界名著，结果谜底竟是"木偶奇遇记"！原来

"木"的偶数相遇是"林"字，"木"的奇数相遇是"森"字，可惜此则谜语容易被人误会对国民政府林故主席有不敬之处，在禁忌甚多的当时，谜语虽妙，不敢发表。

林故主席人品高洁，气度宏廓，谦抑不露，成全大局，当然不是木偶奇遇。这令我想起一个故事：林故主席想礼聘一位高士为主秘，那高士推辞说："不行，我交际不广，人头不熟，活动力组织力都差，怎能担任主席的主秘？"没想到林森对他说："我就是看中你这些缺点，才找你的！今天的主席只像个木主，让国际贵宾鞠躬如仪用的，别人鞠躬时，木主如果会扭动会跳舞，岂不成了妖怪？不拿去劈开烧掉才怪！"即此可见林主席的见识英明与分寸拿捏得恰好，他虽自比为木主，却不是冥顽不灵的木偶。

又有一次他要我猜一则谜语，谜面是"二口不分开"，猜一个字，当然，凡如吕字日字、凹字凸字乃至中字吻字，猜了一大堆，都说不对，原来是个"砧"字，二个口，把不字分开拆半，一半加口成"石"字，一半加口成"占"字，合成"砧"字，谜底一揭晓，人人服气没话说，此种谜语就是制作精当的好谜语。

前人猜谜语，常常是要猜唐诗一句、四书一句、词牌名、《聊斋》目录、中药名之类，像"牧童遥指杏花村"，猜五言绝句一句，谜底是"时人已知处"；又像"疑是地上霜"，猜七言律诗一句，谜底是"夜吟应觉月光寒"，还有像"长安一片月"，猜平剧名一，谜底是"白帝城"，用"下楼格"成为"帝城白"就更妙，但是谜面谜底都太雅致了，现代人已无法消化，而且灯谜是现场给人猜的，既不能翻书，也不宜长考，所以适宜改猜时人名、猜一个字、猜专栏名称、猜电视节目等，才不至于拒人于千里之外。随手录制几个谜语，请你猜猜：

曾祖母　猜报纸专栏一　谜底：婆婆妈妈。

童养媳　猜报纸专栏一　谜底：婆婆妈妈。

烽火三月　猜时人名一　谜底：连战。

拾金不昧归原主　猜时人名一　谜底：钱复。

心有余而力不足　猜字一　谜底：忍（心字多出一点，力字少了出头）。

除去一半，还有一半　猜字一　谜底：途。

画龙未点睛　猜字一　谜底：省。

木了又一口，不作杏字猜，若作困字猜，便是呆秀才　猜字一　谜底：极（极字由"木了又一口"组成）。

上不在上，下不在下，不可在上，且宜在下　猜字一谜底：一　（不可两字，都以一画在上，且宜两字，都以一画在下）。

转系　猜外国地名　谜底：莫斯科。

狐傍虎而行　猜外国名　谜底：挪威。

教师节　猜外国名　谜底：尼日。

媚外　猜外国名　谜底：巴西。

文虎之癖

　　猜谜语，古人叫作"射文虎"，射虎需要力气，雕虎需要巧思，所以荟萃一生心力于谜语天地中的朋友，叫作有"文虎之癖"。

　　台湾民间染有"文虎之癖"者近万人，他们办《谜谭》月刊，报端有《谜射》专栏，还出版不少谜学研究书刊，一谜高悬，射者动辄数百人，既无名利，不求闻达，天天沉醉于谜道，拿经史子集翻来覆去，嬉娱终日，自心秉持灵秀的慧心，又以好古博雅互勉，真是很可佩的一群。

　　他们制作的谜语很深奥，且有种种格法，例如：

　　"卷帘格"，是将谜底倒过来读，才能符合谜面的意思。谜面用古文"一日而驰千里",猜一句古文,谜底是"快然自足"。把答案像帘子一般倒过来卷起,变成"足自然快"。高雅的谜语连谜面也不能杜撰,要有来历。

"上楼格",是将谜底的末一字移放至最前面,便符合谜面的要求。谜面是用《战国策》"连衽成帷举袂成幕挥汗成雨",射《诗经》郑风一句,谜底是"人之多言",把答案末字移到最上面,成为"言人之多"。这是台北杨永然的妙作。

"下楼格",是将谜底第一字移到最末,便符合谜面的要求。谜面是"十二月三十一日",射成语一句,谜底是"终其天年",把答案首字移到最末,成为"其天年终",这是北港陈昆赞的妙作。

"脱帽格",是将谜底的第一字删去,便符合谜面的要求。谜面用《赤壁赋》"郁乎苍苍",猜《秋声赋》一句,谜底是"物既老而悲伤",删去"物"字就是白发苍苍者的烦闷了,这是高雄陈铜坡的妙作。

"脱靴格",是将谜底末字删去,便符合谜面的要求。谜面用《孟子》"丧无日矣",猜外国影片名,谜底是"黑夜死亡线",删去"线"字,丧时没太阳,这是彰化苏子川的妙作。

"折巾格"，是将谜底第一字，劈折不适用的半边，便符合谜面的要求。谜面用《出师表》"深入不毛"，射《醉翁亭记》一句，谜底是"颓乎其中者"，颓字劈折去页字，就成为"秃乎其中者"，秃处就是不毛。

"只履格"，是将谜底最末一字，劈折不适用的半边，便符合谜面的要求。谜面用《东周列国志》"使狗国从狗门入"，猜《滕王阁序》一句，谜底是"无路请缨"，缨字劈绞丝旁，就成婴字，正合晏子的名字，晏子出使时因为身矮，对方开矮门来折辱他。

"系铃格"，是将谜底中一字作多音字念。谜面用《正气歌》"一一垂丹青"，射《五柳先生传》一句，谜底是"每有会意"，把"会"读成"绘"就是画丹青的绘意了。

"解铃格"，是将破音读法回归原有的读法。谜面用李白诗"千金散尽还复来"，猜《长恨歌》一句，谜底是"不重生男重生女"，"重"回复读为重复，千金指女孩，还复来就是重复生女孩。

"红豆格"，是将谜底一句中用标点断开，像用朱笔加句读点断，所以又叫"红读格"。谜面用《孟子》"举舜而敷治焉"，猜《三字经》一句，谜底是"至孝平"，把平字分开句读，舜为"至孝"，治平天下。

"展翼格"，是将谜底中一字劈分左右，连起来读，另生新的意思。（如果劈分第一字叫虾须格，劈分末一字叫燕尾格）谜面用《幼学琼林》"射雀屏而中目唐高得妻"，射五言唐诗一句，谜底"眼穿仍欲归"，劈分仍字，成为"眼穿人乃欲归"，雀屏射穿了眼，人乃归嫁。

另有"遗珠格"是去掉谜底中间一字。"金锁格"是把谜面谜底的数字加起来。"徐妃格"是取字音类似。"亥豕格"是取字形类似。"求凰格"是谜底对仗谜面。"旋珠格""辘轳格"都是谜底字可以上下调转……格法繁多，趣味也就无穷了。

联语游戏

中国字一字一音，最适宜做对联，注意词性相对、平仄相对、句型结构相对的三原则，上天入地，何事何物不能找到其"绝配"。史学家陈寅恪曾说："对子最能显示中国文字的特性，对子的好坏端在读书之多少，语藏之贫富，以及思想之有无条理。"所以他认为对联的创作，实在是中国文学中"智力测验""学养测验"的最佳试金石。

以联语作为游戏，常能爆发无比的谐趣，成为文人雅士的美谈。陈寅恪在抗战年间，常逃进山脚下的临时防空洞中躲警报，忽然作成一副对子："见机而作，入土为安。"将现成的成语，赋予新义，变成十分诙谐的双关语。

这种将现成句子，妙手拈来，也得依仗高超的智力，不然积地盈天的好句子，未必能巧配在一起，诞生新义。抗战期间西湖某庄有一副集联"近水楼台先得月，落花时节又逢君"，是人人熟稔的句子，并比而立，成了天造地设的妙对，配上西湖当地的花月亭榭，更是雅美之至。

左宗棠在平定新疆回来时，为千千万万牺牲的官兵建昭忠祠，祠庙前要一副对联，左右拟了上百则，左帅都不满意，他自己望着满目凄凉的战场，在荒草斜阳中忽然集成一联道："日暮乡关何处是？古来征战几人回。"悲壮雄浑，无以复加，身历其境者更佩服情景十分贴切。

以联语来做智力竞赛，常常故意制造无法突破的瓶颈来为难应对者，像"五行金木水火土"，五行占了五个字，五又不准再对五，若对四对六，下面字的位序又过或不及，但是正因困难往往反而见巧，对"四等公侯伯子男"，子男虽二字，只据一等，遂号称"绝配"。

以前上海申报曾公开征求对子，上联是"三鸟害人鸦雀鸨"，鸦是鸦片，雀是麻将，鸨是妓院。难度颇高，结果应征而获首选者，所对下联是"四灵除尔凤麟龙"，用四来做加减法，才突破"三"的瓶颈，四灵中减除乌龟只剩凤麟龙，把出题者骂了一顿，还笃定抱走了金牌奖。

　　清代末年时，文人挖空心思做联语游戏，十分盛行，更喜拿别人姓名来开玩笑。当时张之洞手下有个梁鼎芬，恃宠而骄，下属同僚诅咒他，以"鼎芬"二字作对子道："一目当空，开口便成二片；念头中断，终身难免八刀。"鼎字的目字之下，是两个正反的"片"字，所以说开了缺口就成两个"片"字，也双关"一开口只有二片嘴唇皮"。念又写作"廿"，念字为头而中断，即成"廿"头，也双关"起念忽断忽续，不能始终如一"，而下身又有"分"字为八刀，双关着"最后难以逃脱挨八刀之祸"，横额又批四字："梁上君子。"指位居上列的君子姓梁的，当然又双关小偷！

　　梁鼎芬明察暗访，知道是下属尹亚天所为，回报一联道："有心终是恶，无口岂能吞？"亚字有了心，便成"恶"字，双关"我念头虽断，哪像你一动心念就是恶？"天字若无口字哪能成为"吞"字，双关"我虽开口成二片，你连口都没有，还想吞人呢？"完全针锋相对，辩答绝妙，并再回敬横额上批四字："伊内偷人。"你姓尹，偷了人才成"伊"，字面双关为不正当的偷人勾当。

　　凡此种种巧思，恣情将中国文字拼拆重组，可说出神入化，比起单把别人名字镶在联语中，自又高超得多了。

八行书死了

　　八行书在中国将近活了两千年，本来是蛮正经的，不知从明清哪朝开始，才和媒婆牙婆一般见识，专干起引荐说项的生涯来了。

　　"要不要替你写封八行书？我和某某主管有老关系呀！"一位清誉崇高、热心助人的长辈型人物主动向你提议，让你感激涕零！当你拿着八行书直奔某厅某局某校某处时，见到那些主管人物，不外两种反应，一种是跳脚直率型的，大叫："八行书叠起来有二尺高，怎么办哪？"一种是老于官场型的，不动声色，只淡淡地给你安慰："有机会的时候，会替你留意的！"

　　喜欢替人写八行书，真有道理，不但可以证明自己有影响力，毕竟还没有过了气。另外多写八行书，只有百利而无一害，对方主管如果用了他，他不感谢主管，反而感谢我，我就做成了无本生意；对方主管如果不用他，他就恨那位主管，对我仍是感激万分，只有我才是肯帮助提拔他的人。所以只要肯多写八行书，人缘一定好，大家都仰仗我、歌颂我，真是一本万利。倒霉的就是那些主管，用了他，他口口声声："我是某人介绍来的！"捧着介绍人的神位吃饭；要是不用他，那他就捧着大牌的一起和你结仇，用或不用，你的权利全被写八行书的大爷给出卖啦！

　　不管你怎样识得破那些喜写八行书大爷的奥妙心术，八行书还是满天飞，上面尽是些"学行超群""干练有为""不可多得"的字样，却不能弭平主管们"才难"的叹息！八行书上更有"倘蒙玉成，感同身受""如蒙汲引，永镌不忘"，甚至结草衔环那样严重的感恩字样，但感人的效果并不大，除了跳脚型的见了八行书就当面表示不快外，其他的主管就施出"推拖拉"的战术来，来者是属于"鹊未离巢，而鸠先图占"的，就推说现在没缺，以后再说；来者是属于"虎有穴而狐思凭"的，只好先拖一段时间看看，若是推也推不掉，拖又拖不下，只好请他多找几个人去写八行书来，干脆用一个缺拉五个关系吧！

　　喜欢写八行书的大爷一定会大叫冤枉，我明明是爱护后生，都是他恳求我写八行书的嘛！人家只求我动动笔，写几个字，如何拒绝他？何况用或不用全在你，又何必怪我？至于八行书里的内容，本来属于客套，全从坊间又迂又酸的尺牍书里抄来的，又何必认真？就算不讲人情的欧美社会，还不是盛行推荐函吗？说的也是，全怪那大爷也不公平，但是欧美盛行的推荐函，要求实话实说，寓有人格保证的责任在内，而中国的八行书，多少含有测量对方肯不肯"买账"的意味，假如你真是被人勉强着写成，那么何不打个电话给受信人，先说明一下实情呢？

　　对付密集射击的八行书，应有防御的妙方，那就是定出公开甄试的办法，将八行书推介来的"济济多士"连同公开征募的人士，一齐邀集参加甄试，考取了，感谢你自己成材，用不着去感谢写八行书的大爷，考不取，只恨自己努力少，也不必恨某某主管不用你，对喜写八行书的许多大爷也同时有了公平的交代，这方法比推拖拉的老战术强多了；考试若能公开、公平、甄别出真才实学来，那八行书就自然死啦！

焚其少作

 也许正像老年的夫妇偏爱幺子一般，许多作家对早年写的作品，都想火葬水葬土葬，好像只有后来的作品才见得了人。早年所写的，就像一张小时穿了开裆裤的照片，千方百计想遮掩，不愿公然见示于人。像梁实秋曾用过"羞愧得无地自容"的话来形容，钱锺书也对问起"少作"的朋友警告道："不要做闯进罗帏的春风嘛！揭人私隐，是如此薄情忍心，我会怨你的！"

 这种"悔其少作"的作者心情，已有了两千年的历史，汉朝的扬雄在年少时喜欢写赋，足以媲美司马相如，到晚年眼界高了，就批评自己的赋道，那不过是"童子雕虫篆刻"，这种小技，乃是"壮夫不为"的！

最绝的，是晋朝的殷浩在年少时，曾作一首诗送给桓温，没想到桓温后来一直威胁殷浩说："别惹我！不然我就公布你那首少年的诗！"不知那首"少作"真是如何见不得人？竟变成强拍的裸照一样，捏在别人手里，成为闺女一生的把柄了！

后代学扬雄的人，不知凡几，像清代的孔宪庚，公然宣称把往年写的诗稿，全部丢进江里去"水葬"，还画了一幅"云水诗瓢图"来到处张扬，龚定庵写诗鼓励他道："从此不挥闲翰墨，男儿当注壁中书！"认为年轻写诗是"闲翰墨"，注壁中的古文经，才是男儿的大事业。

也因此，清代盛行着"著书忌早"的说法，顾炎武更把"以未定之书示人"作为著者最大的忌讳，这些说法当然有其理由。但是如果你既有了"少作"，而把"少作"视作"少年秽迹"一样，而期望别人能厚道一些，能"佯忘旧事"，那就太多余了！少年的作品，虽然有瑕疵，老年的作品，就一定好了吗？况且若没有少年时的砥砺改进，哪会有后来的成就呢？再说，像扬雄少年的赋，在大学语文课上仍能读到，而晚年自以为了不起的《太玄》《法言》呢？当时就有人预测会拿去遮盖酱缸，至今仍然读者缺缺。所以文章的得失优劣，作者本人也未必料得准。至于像孔宪庚的"水葬"，更难证明注经训诂，一定会胜于文艺写作。只怕他经也注不透，诗也写不好，所谓"水葬"，只是一种自我的虐待与逃避，恨自己不成器罢了！

清代大儒焦循就批评这种将旧作"悉付诸火"的行为，是"矜心"在作怪，都是由于"下于别人又不甘心，想胜别人又不可能，只好用火来烧，真是悲哀"。客观些说，作者只要罄尽自己的才智，发自内心的枢机，即使是少年的作品，都代表自己一时忠实的看法，何必讳莫如深？天下的书，本来没一本可以永远定稿，连圣人的话也未必句句都能"定于万世"呀！

砚田无限广

　　我虽然很少使用毛笔，但我颇羡慕传统的中国文人，守着一方砚台，那就是中国知识分子个人的领土，也是个人心灵翱翔的天地。不管好砚台破砚台，都喜欢为砚台作几句铭文，能刻的就刻在砚台上，作为日相亲近的箴言。砚铭都很短，我留心读了不少，发现数寸的砚田，在中国知识分子心中，真所谓"路是无限的宽广"呢。

　　有的把砚田当作垦殖的农场，读书叫作"目耕"，作文叫作"笔耕"，留心耕种这尺寸的小天地，将砚池中挹入了春水，陂陀的田畦浸成了半个海，端放在明窗大几前，墨花就带来了春天，不久毛笔挥挥洒洒就生出云霞灵光来，把出水的芙蓉吐在纸上，把智慧的稻穗吐在纸上，辛苦地剔除了稂莠，满纸的千穗如浪，收获累累，不错，"尔耕尔耜，我稷我黍"，要怎么收获就怎么栽！

有的把砚田当作较劲的猎场，知识分子的粟要从砚田里取，知识分子的花也从砚田中开，知识分子的功业勤苦，射虎屠龙，都要从磨穿砚田做起，想要草檄封侯，扬名千古，也无不从"坚刚千古难磨了"的砚田做起。砚石是勒功的燕然石山，砚池是争功的楚河汉界，笔是驾驭的战马，灵感是狮象虎豹，不错，"我提千骑，较猎于斯"，提着一支笔，就像率领千军万马，做庞大的猎兽比赛。

有的把砚田当作水涯的隐庐，砚台温温如玉，全无锋芒，处在芸窗几席之间，和高士处在山野沧溟之间一般，皆处于不辱的地位。有人说小隐隐于山，大隐隐于市。错了，"小隐隐深山，大隐隐鸿篇"，真正的大隐，是隐于书林鸿篇之中的！且看石墨一研，寒泉半勺，晴窗一卷书，瓦砚生云烟！这小小的石砚成了个修仙的小岱岳，案头一样具备了千岩万壑，试墨吐秀，诸天散花，这方圆一勺之地，自有神仙居住的昆仑紫霞呢！

有人把砚台当作光明的宝镜，"皎皎穿云月，青青出水荷"这该是写镜子吧？苏东坡却用来形容一个砚台！"高士砚如美人镜，寒光易使新妆靓"，美人最新的姿容，要靠明镜来靓妆；高士最新的谠论，要靠砚田来发表。宝镜赠给美人，美人就步步生莲；宝砚赠给高士，高士也吐出青莲朵朵。

更有人把砚台当作哲学大师看，因为老子发明了"守黑"，扬雄发明了"尚玄"，而砚台却兼含着两者的妙理，而且比老聃、扬雄更加长寿，"抱真唯守墨，求用每虚心"，长寿之外还懂得虚心！不错，"保尔玄默，以宣乃阂"，既懂得缄默，又最能宣述妙旨，在风磨雨灈下才更露出精彩来，哇，砚台可真是一位了不起的哲人呢！

童年的字帖

　　在童年的学习过程中，常让我怀念的是一本小学时每天临摹的字帖，我记得是魏征所写的，字很大而气势磅礴，每页只有两个字："灵芝生河洲，动摇因洪波。兰荣一何晚，严霜瘁其柯……"结构雄伟浑厚，笔墨腴润遒丽，记忆中真是越想越美。当我从大陆到台湾时，字帖留在浙江老家，待海峡两岸可以通讯话家常以后，我迫不及待地向大陆家人探询的，就是这本字帖的下落，妹妹复信告诉我："在'文革'时期，只要有字的东西，都吓得事先焚毁，家中只剩半本《辞海》，前面一半给小孩撕来折飞机啦！"

　　我所以急迫地要问这本魏征字帖，是因为离家四十年来，一直想再买一本，以慰童年的旧梦，但遍寻书店都买不到，连古董店、图书馆也从不见这字帖的踪影，难道儿时随手临摹的字帖，竟成海内孤本了吗？说来也奇怪，儿时临摹的另一本《邓石如隶书》，内容写《汉书·扬雄传》，讨论《太玄经》将用来覆盖酱缸的事，字迹秀逸异常，幸好大哥携来了台湾，至今这字帖也像是海内孤本呢！邓石如的书法，人称"神品"，但一般书店所见邓的隶书，都庸驽低劣，离"神品"太远了，必须见到我手边的这本，才赞叹"神品"二字名不虚传。

记忆中的魏征字帖，丰润之中，具有灵和的风致，极为厚重雄奇，也许是和唐代名相魏征的人品发生了联想吧？但遍查书目，都没说唐代魏征有书法流传，只说唐太宗曾搜购二王张昶等书法一千五百多件，交由魏征等鉴别真伪，可见他是书法鉴赏家。而清代朱和羹的《临池心解》中更神奇地说："唐太宗有一次临王羲之的'戬'字，故意只写'晋'，留下'戈'旁让虞世南去补足，然后拿给魏征欣赏，魏征就说：'圣上所写只有戈字边最为逼真！'"也足证魏征精于鉴赏，但都没说他有字帖流传。

愈是无法找到这童年的"玩伴"，愈增相思之苦，我有踏遍天涯去寻访的心愿。近年大陆出版了周偁编的《中国历代书法鉴赏大辞典》和刘正成编的《中国书法鉴赏大辞典》，搜罗都极广博，但当我翻毕几千种碑帖，依然佳人杳杳，教人望眼欲穿。这本童年时拿笔蘸水，在方砖上临写过多少次的大字帖，居然在各大书法辞典中，仍无一人知晓，真是太奇怪。

昨天我在《宝颜丛书》中，读到南梁庾信的《书品》，在下之上品里，赫然有魏征的名字，并批评其书法是"并擅毫翰，动成楷则，殆逼前良，见希后彦"，原来这魏征是魏晋时代的书法家，不是唐代的名相，同名同姓，写的楷书成为后代的法则。我记得字帖中所写为后汉郦炎的《见志诗》（《艺文类聚》引诗题作《兰》），所写的字，与《北齐泰山经》《石峪金刚经》及《薛子岫摩崖》等楷法近似，雍容丰润，神采飞扬，各书法大辞典的编纂都无法见到的字帖，居然是我童年的玩伴，为此深感庆幸，这字帖是否已在人间绝迹？无法推测，只寻出这一丝踪影，已稍慰平生相思了。

藏书家的印记

　　读珍贵的善本书时，常会看到藏书家的印记，片语只辞，是他们浓凝的"心事"，盖在心爱书的扉页上，所以我在读每本书之前，一定先欣赏这些印记。

　　欣赏印记的金石文字之美：朱色的阳文要流利俊逸，白色的阴文要沉凝饱满。字画粗而不臃肿，字画细而极爽健。大印能压缩，有张力；小印能宽绰，有丰神。刀法极大胆，有魄力；收拾极小心，有巧思，都是好图章。

　　再欣赏印记内的句子，便能深入体味中国读书人的毅力与风格。我看过善本书中盖有"北山愚公鉴藏""此是左公所置田""寒可无衣，饥可无食，至于书不可一日失""长留天地间"等印记，都在展示藏书家坚毅的苦心。

把藏书看作置田产一样，别人有钱就问舍求田，我有钱就买书藏书，别人用犁耕佣耕，我用目耕笔耕。积金令人鄙，积书却令人智，因此不买田产而买书的人，看起来真有点傻，主意却并不坏。像北山愚公一样，书买不完正像山移不完，但今日一部明日一部，想搜尽天下的好书，正使出愚公移山的精神。宁可寒无衣、饥无食，书则不可一日不读，目的在保存书册于天地间，每赏一印，深受感动。

我看过"知音者芳心自同""注意文化"等印记，是在勉励同好，期待知音的。读书藏书，都是享清福，身居清高的层次没有不寂寞的，然而收藏或阅读伟大的作品，本身就是人生第一赏心乐事，即使时隔千古、地隔千里，必会有芳心相同的知音，共同来注意发扬，足以安慰寂寞。

我又看过像"一砚梨花雨""一窗风月读离骚""一片冰心""思入风云""流鲤桥头一钓徒""性本爱丘山""管领湖山""燕交飞处柳烟低""天空任鸟飞"等借着旖旎的风景来绘出书斋心情的。砚台里装的都是梨花上滚下的雨珠，字字生香，哪里还有一丝俗情苦恋？窗前读一卷《庄子》、《离骚》、《史记》、杜诗，无穷的风月乐事，哪里还管什么财多官大？这些印记中句句是自由潇洒的闲情

逸致，心平气和，外适内舒，天地辽阔，胸襟清奇，不见苦
海风涛，只有青山绿水；不见人际杀伐，只见鲤潜燕飞。反
复赏玩，清福不可胜量。

当然，我也看过"豪气一洗儒之酸""读书有味聊忘
老""夙兴夜寐，毋忝尔所生"等，策励自己用功的，时刻
在精进的人生，不会腐化，永远年轻，而专心读书以后，许
多例行琐事才能摆脱，人生才愈见丰富与精致。

最近"中央"图书馆印好一套《善本藏书章选粹》，目
的在散布浓浓的书斋雅气于社会，其中有"成此书费辛苦"
等告诫子孙的，也有"荛圃三十年精力所聚"，足以想见藏
书家苦心毅力的，我觉得选印这些印记很有趣味，但我所心
爱的那些小印记，还没有收罗在里面，希望能再印第二套第
三套，把藏书家的"心事"置在案头，朝夕摩挲，做个"芳
心自同"的知音，多乐！

书架见气象

一架子的书，实际上就是主人翁一架子的梦想，也是主人翁一架子个性的说明书，与心灵的相面术。

如果你想称赞一位朋友，不知道从哪方面称赞起，最好是走进他的书房去看看，书房里若都是李白杜甫，你就称赞大诗人对世界贡献的伟大，什么灵魂的工程师、把泥石人间点化成黄金世界的仙人手指之类，准会使书房主人乐不可支，因为你称赞了他企求的梦境，远比称赞他所拥有的现实更令人兴奋百倍。

如果见到书架上都是《邱永汉发财术》《证券短期操作必胜手册》，那你就对着主人称赞王永庆的屋顶花园，或是讲述一下美国旅馆巨子乔治·波特如何由洗碗工人发迹为富豪，再买下一个岛来送给岳母的故事。倘再加一点理想化的配料：说一说陶朱公"三致千金，三散之"的豁达劲儿，保证使书架主人心花怒放，如醉如痴！

有人把没有书册的建筑物，比喻成没有窗子的房间，比得很妙，但有了书的房间，却不见得就是有了窗子，因为许多书是没有光亮的，未必能提供你日光与空气。读书和交友一样，有良友，有损友，读者的习惯与个性不可能不受其影响，许多人在不知不觉中，就变成了读过作品中的一部分，所以通过书架的检视去了解一个人，比许多朋友的传闻更深入其灵魂。朋友的传言喜在逸闻趣事上添油加醋，徒存一个浮面而扭曲的画像，而架上所爱读的书，却把主人深心的秘密与器宇间的愿力，都赤裸地陈列在架端。

架上如果只有一套大部头书，烫金精装，亮光耀眼，正挡着入门后的视线，而没有小册书簇拥着，表示主人是喜欢装阔的绣花枕头，只爱门面而不讲实用的人，因为小书常是各门类专精实用的宝贝。架上如果都是许多十年前的旧书，一无新著，表示主人曾经努力过，但是高潮已过，现在只想倚老卖老，停止进步了。如果架上全是借来的书，主人还笑嘻嘻地告诉你说"还都懒得还了"，你便知道主人是没什么

"长性子"的人，一会儿东一会儿西，实在是个器宇浅薄的朦胧汉。又如果架上全是一时风行的畅销书，表示主人是跟着时代节奏的跳舞者，西哲说过："畅销书是庸才的镀金坟墓。"这句话一半是愤懑，一半却是真理，畅销书的读者当然也低庸幼稚，是内心空洞的消遣主义者，只是随着时潮打转的空心汉。察言观色，没有比看看书架更清楚他为人的性格与心灵的历史。

所以为人父母师长的，想要子弟成大器，就得从青少年时代注意子弟添买了什么样的书。图书反映梦想与气象，看架上的书，便知胸次间的志向，如果你让子弟只在升学考试的参考书里长大，他不变成急功近利的"势利汉"才怪呢！

谈笔名

有一次余光中与刘绍铭两位先生同机返台，要走出海关检查台时，检查人员一见"余光中"的名字，就客气地打招呼，但对刘先生则没什么印象，刘为此事颇感不平，同是作家，为什么礼数不相同？余先生笑着说："这就是你写文章喜用笔名的坏处呀！"不知道是不是由于这个原因，后来见到刘先生的文章，都是连名带姓，真实的本人了。

这故事和郑板桥的一段话很类似，板桥在题画中说："八大山人名满天下，石涛则名声不出扬州，同样是大画家，为什么名声大小如此悬殊呢？因为八大不用第二个名号，别人容易记。而石涛则本名元济，又叫'清湘道人'，又叫'苦瓜和尚'，一会儿叫'大涤子'，又一会叫'瞎尊者'，别号太多，反而把自己搅乱了。八大只是八大，我郑板桥也只叫板桥！"文艺家既然爱惜名声，集中一个名号，较易驰名，像八大山人本来叫朱耷，字雪个，号个山，但作画时只称八大。笔名别号一多，自己把自己搅碎了。

文艺作家所以有笔名的雅好，我想可能有五个原因：

第一是为了试探性：刚开始试着投稿，不敢曝光太早，写不好退稿也不丢脸，如果发表而将来觉得稚嫩可笑，也容易弃屣脱身。没想到笔名一黏上手，接二连三，小有名气以后，更是欲罢不能，笔名就这样上僭而夺取正位了。

第二是为了神秘性：作家的真面目，隐身在暗处，比较安全，且不难为情，写什么都比较自由，连骂人也气壮一点，情节故事也不致被人附会猜测，得罪人也不易被人报复。同时读者都有贵耳贱目、向声背实的习性，不让人见真面目而只让人看作品，像不吃人间烟火似的，在心目中的地位会特别崇高些。

第三是为了多面性：也许正式的职业是机械庸俗的差事，为了让写作的天地不和现实的世界混淆，不让别人直接指说：某某作家竟是舂米的陈师傅呀！用个笔名可以有多面的人生。又或是一位作家写惯了冠冕堂皇的文章，想换一换

238

滑稽尖酸的笔调，不使读者印象淆乱，也可能特地另造个笔名来展现多面性。

第四是为了绝情性：像石涛叫"瞎尊者"，问他为什么双眸炯炯要自称瞎子？他说自己看到钱就盲了，而别人见钱眼开，了了分明，能不说我瞎吗？又像"八大"二字合起来像"哭"字，郑思肖，是思念"赵宋"的意思，笔名里寓有深痛，终身绝情的深痛。

第五是为了雅洁性：有人把自己的理想，精练成一个名字，也有人嫌本名庸俗，才换一个"荷"啊"冰"啊"绿"啊"朵"啊，带些诗意的美，要给人雅洁的联想。而我呢？黄永武就只叫黄永武嘛，至少还有个顾炎武陪我，不想改了。

字如其人

常听人家说："字如其人"，仿佛身上多肉的人，写的字就粗肥；身上露骨的人，写的字也瘦削。但这也不一定，我见过形体魁梧的人，所写的字蜷曲纤小；而身材矮小的人，所写的字反而雄阔开张，字未必像人的形体，但字比较像人的性情。性情粗疏的笔墨潦草，性情拘谨的笔画工整，铁画银钩，一笔不苟，大抵做事也谨细正直，柳公权说："用笔在心，心正则笔正。"笔与性情，或许有些关联吧？

但读到清人刘因之的话，教人吓了一跳，他认为从书法中可以"观人"，那认辨的方法更是"独到"：

学褚遂良的字，流弊是使人"拗扭"。

学颜鲁公的字，流弊是使人"阴狠"。

学欧阳询的字，流弊是使人"苛刻"。

学柳公权的字，流弊是使人"孤独"。

学米南宫的字，流弊是使人"放荡"。

学赵子昂的字，流弊是使人"淫浮"。

只有学王羲之的字，既庄严，又妩媚，可是学久了也有妄想成仙而忘世的弊病！

这真是惊人之论！但是我并不相信。近代人学书法，谁不是从颜柳欧赵四家入手的呢？赵字柔媚无骨，被清人讥为"奴书"以后，学习的人不免有些忌讳，而像通俗流行的陆润庠、黄自元，由于过于鄙俗，如小店账房柜台的字，识者也不肯多学，但是"颜筋柳骨"，稍谙书法门道的人，哪个不从这儿登堂入室呢？这和"孤独阴狠"的习性会有什么相关吗？

唐代人定的"择人之法"有四种，"楷法遒美"也是选择人才的方法之一。那是因为当时没通行印刷术、打字机，要看书读文章，能赏心悦目，必须靠书法遒美，这书法和人品未必是有关联的。

今天书法已经十分式微，快变成艺术家象牙塔里的玩意儿，连中学生的作文周记，都废用毛笔，如果练习颜柳欧赵，还将有塑造性格上的"流弊"，岂不更教人视为畏途了？

当然，"书者，心之迹也"这句话，也不会全无道理，像欧阳修的字，即使写于匆遽之际，也是"端楷庄书"，而王安石就信笔挥洒，时时都像极为忙碌，署名"石"字写来像"反"，显示出他"自信太坚"，有悍然不顾的气概。人在笔迹中流露出部分性情，也是必然的。书法是由"性情"与"功力"糅合而成，只具功力，没有性情，不能显露个人的神采；只有性情，没具功力，也不容易成就书法的功夫。勤练字帖，只增进"功力"，"性情"多半仍是自己的，就像衣冠带履学得和别人完全划一，容止面目仍有自己的性情，因此，所谓"拗扭""阴狠"，并不是外在的衣冠带履就能改变塑造的，每个人仍有自己的性情，不必害怕临写了谁家的碑帖。就算字迹神态有点像人的相貌，那么用相貌来区别人的性情都未必准确，何况用颜柳欧赵的楷法来猜测性情呢？